川端康成 著　中原淳一 画

乙女の港

少女の友コレクション

実業之日本社

実業之日本社文庫

乙女の港

川端康成　著
中原淳一　画

目次

文庫版刊行に寄せて――『乙女の港』を耽読したころ

瀬戸内寂聴
（作家・僧侶）

四国の徳島に生まれ育ち、修学旅行以外は、徳島から出たことのない少女だった私にとって、都会のイメージは大阪までで、東京は夢の中のはるかなる大都会だった。田舎に暮らす夢想癖の強い私に、憧れの東京の風を運んできてくれたのが少女雑誌だった。五歳年上の姉が毎月とっていた少女雑誌が本屋から届くと、姉ととりあうように読んでいた。中でも「少女の友」が、小学生の私にはどの雑誌よりもロマンチックで都会的で心をとらえられた。

そのころ、「少女の友」の表紙は、深谷美保子《ふかやみほこ》さんが描いていたが、あるとき突然中原淳一《なかはらじゅんいち》の絵に替わった。その表紙の清新さは衝撃的ですらあった。中原淳一が、徳島で幼少期を過ごし、同じ新町小学校の出身だと知ったのは、ずっとあとのことだった。

「少女の友」でなにより楽しみにしていたのは、川端康成《かわばたやすなり》が連載していた『乙女の港』だった。雑誌が届くとまずパッと開いて読み耽る。新入生の三千子と、しとやかな上級生の洋子、勝気な克子の三角関係——七十年経ったいまでも鮮明に覚えている。しかも、さし絵は日を追ってファンの増えつづけている中原淳一であった。

『乙女の港』が当時非常に受けたのは、女学生同士の親交「エス」を心情的に細やかに描いたからであった。当時は私も徳島高等女学校の女学生で、下駄箱の靴の中に下級生からのラブレターが入っていたり、上級生からは、家政科の時間に作ったお菓子を贈られたりしていた。中学生と女学生の交際などは厳しく禁じられていたので、同性どうしの友情は、一種の疑似恋愛であった。

三千子が浴衣《ゆかた》を仕立ててもらう場面で、「竺仙《ちくせん》の浴衣」が出てくる。田舎者の私にはそれがどんな浴衣なのかわからなかった。大人になって「ああ、これが『乙女の港』の竺仙の浴衣か」とうなずいた。

大人の小説を書く前、しばらく少女小説を書いて食べていた時代があった。『乙女の港』を思い出して書けば、いくらでも書けた。いまの少女たちはケイタイ小説やライトノベルを愛読している。少女小説を耽読するあの甘美なひとときは、いつの時代も変わらないのかもしれない。

（2011年8月　構成／編集部）

乙女の港

1 花選び

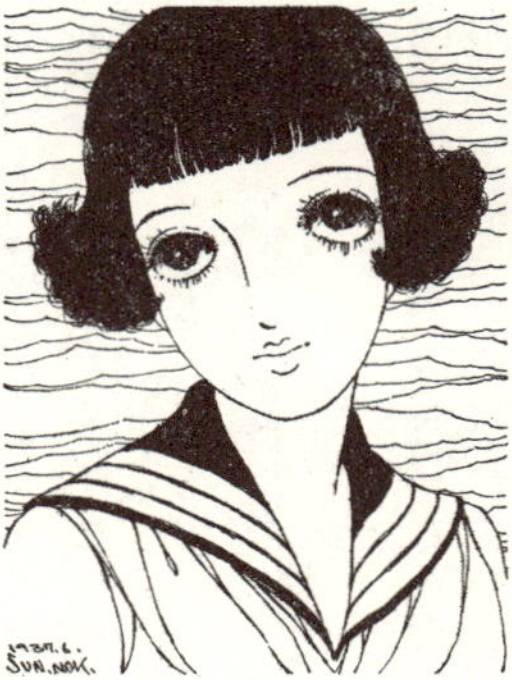

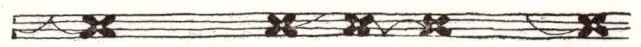

晴れやかな入学式が済んで、間もなくの或《あ》る日だった。

鐘の鳴り渡った校庭に、方々の廊下から生徒たちが溢れて来る。駈《か》け寄って睦《むつ》み合っている声々。桜の木の下のベンチで、何やら小さな本を読んでいるひと。丸鬼をしている快活なひと群。なんとはなしに肩を組んで歩いている人びと。

下の運動場から、新入の一年生が賑かに登って来た。体操の時間の後らしく、みんな上着を脱いで、頬が赤い。

それを上級生たちは、美しい花を選ぶような眼つきで、木立の蔭や廊下の曲り角に、待ち伏せしている。

「今度の一年生は、おチビさんが多いわね。」

「そう見えるのよ。私たちが入学した時は、もっと小さかったわ、きっと。」

「大き過ぎる一年生なんて、ちょっと親しみにくくて厭《いや》アね。あれくらいが可愛《かわい》いわ。」

「まあ、もう目星をつけてるの？」

「こっちでいくらきめたって、一年生だってお人形じゃないんですもの。思うようになりゃしなくてよ。」

三千子《みちこ》も上着を取りに、教室への廊下を真先に駈けて行くと、不意に薄暗い窓際から、背の高い痩せたひとが近寄って来た。ふと驚いて立ち止る三千子に、ネイビイ・ブルウの封筒を手渡して、

「ごめんなさい、あとでね……。」

そして、仄白《ほのじろ》い顔をちらと見せたきり、いそいで曲り角へ消えてしまった。

三千子はどきどきする胸に、そっと手紙を抱えて、教室へ入ると、もうそこには、ほかの道から先きに戻った級友が五六人、上着を着たり、お河童《かっぱ》に櫛《くし》を入れたりして、なにか騒いでいたが、三千子の姿を見るなり、

「大河原《おおかわら》さん、おめでとう。」

「大河原さん、幸福の花が届いていてよ。」

などと、口々にからかっては、三千子の肩を叩いたり、髪の毛を撫でたりして、出て行った。

見ると、三千子の机の上に、色濃い匂いの菫《すみれ》の花が、小さな束に結んで載っている。はっとして机の中をあけると、教科書の上に、紫インクで書かれた、真白《まっしろ》な封筒がひとつ……。

三千子は、いちどきに両手を引っぱられたように惑った。

「どちらを先きに……？」

あの小暗い窓際に、気高く仄白かった面影が、先《ま》ず心に浮ぶので、ブルウの手紙をひらいてみた。

突然できっとびっくりなさることでしょうね。でも、私の不躾けをおとがめにならないでね、どうぞ——。私の花束をお贈りします。

あなたはどんなお花がお好きか分らないけれど、もしも、私の花束のなかに、お好きなお花がひといろあるとしたら、どんなに私は仕合せでしょうか。

花薔薇《はなばら》

わがうへにしもあらなくに
などかくおつるなみだぞも
ふみくだかれしはなさうび
よはなれのみのうきよかは

野梅

めづる人なき山里は
うばらからたち生ひあるゝ
籬《まがき》のもとに捨てられて
雨にうつろひ風にちり
世をわびげなる梅の花
あひみるにこそ悲しけれ

沙羅《しゃら》の木

褐色の根府川石《ねぶがわいし》に
白き花はたと落ちたり、
ありとしも青葉がくれに
見えざりしさらの木の花。

五年A組　木蓮《もくれん》

お慕わしき
三千子さま

言葉が少かったけれど、その手紙のゆかしさ。派手やかな草花でなく、年を経た樹木の花が好きという、そのひとの心の深さ。

その手紙はむずかしくて、一年に入学したばかりの三千子の首を傾げさせたが、その花々の匂いは、手紙の中に、高くかおっているようだった。

花薔薇。野梅。沙羅の木。

「沙羅の花って、どんな花かしら。」

三千子は見たことがない。こんなむずかしい花を愛するあのひとは、お伽噺《とぎばなし》に出てくる、あの森の精のように、不思議に美しく思えるのだった。

しかし、ふと目を落すと、そこにもう一つ、濃い紫の菫の花。

三千子は今読んだ手紙のひとに、最早《もはや》淡い思慕の漂うのを感じる。それなのに、また別の手紙を見るのは、なぜか心疚《やま》しかったけれど、白い封筒も開かずにはいられない。

便箋の中からも、菫の一茎がぱらりと落ちた。

三千子はあわてて、その花を本の間にはさんだ。

三千子さま

あなたの小さく細っそりしたお姿が、校門に初めて現れた、その日から、私はもう見覚えてしまいました。

なんてお言葉をかけようかしらと、毎晩お床の中で案じていましたの。

私はすみれの花が、なんの花より一番好きですの。すみれの花言葉(1)を御存じでいらっしゃいましょう。

あなたを「私のすみれ」とお呼びしてよろしいでしょうか。

MICHIKO
1937.6
JUN.NAK.

あなたは私になんの花をお返事下さいまして？

でも、これは余りに私のひとり合点でした。可愛いあなたのまわりには、美しい蝶々《ちょうちょう》がいっぱい群がることでしょう。

あなたがどの蝶のお宿になって下さるか、私は静かに待っております。

ひそかなる　　　　　四年B組　克子

我がすみれ嬢へ

三千子は読み終って、ほっと溜息が出た。上級生の方たちは、なんて名文家揃いなんだろう。

ついこの間まで、竹馬に乗ったり、とんぼ捕りばかりしていた自分は、こんなお洒落《しゃれ》な手紙に答える言葉も知らない。

どうしたらいいかしら……。

紫紺《しこん》の上着に手を通してからも、ぼんやり菫の花束を掌《てのひら》に載せていると、またどやどやと五六人の生徒が入って来た。

「ちょっと、脂肪《あぶら》取りあげましょうか。」

肥《ふと》った気取りやの山田昭子《やまだあきこ》が、こう言いながら、せっせと顔を拭いた。

「まあ、脂肪取りなんか持って来て、先生に叱られないの？」

「だって坂井《さかい》さん、女の子が脂肪でぎらぎらした顔してるの、厭じゃないの。」

「私の顔にも脂肪が浮いてる？」

「どら見せて。ないや。あなた痩せっぽちなんだもの。こんな春なのに、脂肪も出ないようじゃ、心細いわよ。」

そのような明るい笑い声のなかから、

「あらア、大河原さんどうしたの？」

と、経子《つねこ》が初めて気づいたような声をかけて、机の間を渡って来た。

そして、三千子の手の菫を見ると、ちらっと目で合図して、耳もとへささやいた。

「その花のことでね。お話があるのよ。お帰りに御一緒しない？」

「えっ？」

三千子はどきっとしたが、そのままうなずいてしまった。

附属幼稚園から小学部——予科を通って、本科一年に上って来た経子は、選抜試験を受けて入学した三千子に比べると、もう何年も、この学校に馴染んでいて、学校の様子も精《くわ》しいし、上級生のお友達も大勢あった。

今日のように、顔もよく知らない上級生から、手紙を受けた場合など、どうすればいいのか、三千子は経子に尋ねようと思った。

基督教女学校《ミッシヨン・スクウル》は、官立の女学校よりも、生徒同志の友情がこまやかで、いろいろな愛称で呼び合っては、上級生と下級生の交際が烈《はげ》しいということくらい、三千子もうすうす聞いていたけれども、それが実際どんな風に行われるものか……。

「エスっていうのはね、シスタア、姉妹の略よ。頭文字を使ってるの。上級生と下級生が仲よしになると、そう云って、騒がれるのよ。」

と、経子に聞かされても、

「仲よしって、誰とだって仲よくしていいんでしょう。」

「あら、そんなんじゃなくてよ。特別好きになって、贈物をし合ったりするんでなくちゃ……。」

二つの手紙も、それであったかと、分って来たが、まだ顔もろくに分らないのにと、三千子は不思議だった。

でも、自分を特別好きと言ってくれるひとが、この校内に二人もいるのかと思うと、春の季節のように、なんとなく胸が温まって来た。

菫の花束は鞄の中にしまった。二つの手紙はブラウスのポケットに入れて、ボタンをかけ、さも秘密の出来たような、落ちつかぬ気持で、経子と約束の帰り道が楽しみだった。


その日は朝のうち花曇りの空が、午後からうすら冷い北風に変って、もう大きくふくらんだ木蓮の蕾《つぼみ》は、白い花びらを覗かせたまま、痛そうに揺れている。

「降りそうね。あたし傘の用意がないわ。」

「あたしだっても。」

「母さまが天気予報を聞いて、大丈夫らしいっておっしゃるもんだから、損しちゃったわ。」

「雨よりも、私午後になると、がんがん頭痛がするの。」

「まあ、持病なの?」

「よしてエ、持病なんて、田舎のお婆ちゃんみたいな言い方は。マアフリイ病よ。」

「あら。そんなら私も御同病よ。どうしたらいいの？　いきなり、ぺらぺらぺら、分る筈がないことよ。それに早口の怒りんぼうじゃア」

そのミス・マアフリイが、まだ教室へ入って来ないので、一年のクラスでは、窓際に並びながら、空模様を眺めているのだった。

木の葉が波打つ向うの空は、海の上の方から鉛色に翳《かげ》って来て、風の音が募るばかり――。

間もなく、生徒たちの目の前に、さあっと校庭を鳴らして、大粒の雨が落ちて来た。

あわてて窓をしめる者、席に戻る者、その騒がしい最中に、ミス・マアフリイが靴音高く入って来た。

いきなり細い鞭で、黒板をぱんぱん叩くと、

「いけません、お話たくさんしている、駄目ね。」

ミスと呼ばれているが、もう三十を越したらしい顔つきで、いつも疳性《かんしょう》に指を

ぽきぽき折っている。

少し訛《なま》りはあるけれど、日本人の名前を呼ぶことにも慣れて、

「イシハラさん。」

「Present.《プレゼント》」

「カミモトさん。」

「Present.《プレゼント》」

マアフリイはその度毎に頭を上げて、名前と生徒の顔とを照し合わせる。

教室が静まると、外の雨が激しく耳についた。

カトリックの宗教を持つこの学校では、午後は全校のクラスが皆、外国語専門の授業。日本人の教師達は職員室に籠ったままで、フランス尼僧のマダム達や、英国人の教師達が、教室へ出て来る。

どうやら日本語を話せる外人達でも、教授中はわざと意地悪くしているように、自分の国の言葉ばかりでしゃべるので、新入学のその日から、午後の時間が、一年生にとっては、なによりの苦手だ。

ここの予科から上って来た二十名余りは、よその小学校から入学した生徒より

も、英語や仏蘭西語の下地が出来ているので、外国語の時間だけは、上級へ編入されてしまい、初歩から学ぶ残りの皆は、どうせ団栗《どんぐり》の背くらべだった。ミス・マアフリイの唇が、薄い刃物のように怖くて、その発音を皆一心に見つめている。

マアフリイは栗色のスカアトにベエジュの上着をつけていた。青春を宗教と学問に捧げつくして、蕾のまま枯れたような淋しさが見える。

「オオカワラさん、ミチ子さん。」

「はあい。」

「No.《ノウ》 オオカワラミチ子さん。」

「Present.《プレゼント》」

三千子は真赤になって、返辞《へんじ》し直した。

「また、オオカワラアイコさん。」

「Present.《プレゼント》」

三千子があわててもう一度答えた。

「どうしてえ?」

と、マアフリイはちょっと顔を上げて、三千子を見たが、また続けて出席を取ってゆく。

五十人の少女の新しい顔も、どうやらその名前といっしょに、マアフリイは覚えこんだけれども、最初から一番印象に残ったのは、同じ大河原の姓を持つ、三千子と愛子《あいこ》——。

そして、心のなかでこっそりと、「綺麗な三千子さん」、「足の悪い愛子さん」と、二人の特徴をつかまえて、区別していた。

「ちょうど雨になりましたね。オオカワラさん、雨降りですと云って下さい。」

「It is《イットイズ》 rain《レイン》.」

「No.《ノウ》 アダチさん。」

マアフリイは三千子を立たしたまま、次の指名をした。

「To《ツウ》-day《デイ》 rains《レインズ》.」

「No.《ノウ》 ヤマダさん。」

「It rains《イットレインズ》.」

と、誰かが正しく答えてくれるまでは、間違った者は立たされていなければならない。

「Rain(雨)は名詞、雨降るという時は、たいていItを主語として、動詞に変化します。名詞が動詞に変化する場合、沢山あります。昨日もありましたね。——まだ文法習いませんが、あなた方ミッションの生徒です。必要な会話出来ないの、いけません。さあ、もう少し雨のお話しましょう。」

そういう風に、会話でしばらく意地目《いじめ》ておいてから、教科書にとりかかった。マアフリイが滑らかに読む後について、生徒が一斉に読みあげるのだった。なかには、読本《リイダア》を前に立てて、マアフリイの発音を、仮名で書き入れる者もある。

三千子は、ポケットに手紙が入っているので、なにか温かい楽しみに擽《くす》ぐられるかのように落ちつかない。

「早く授業が終ればいい。経子さんから、いろんなことを聞いてみたい。」

だから、放課の鐘を聞いた時は、その鐘が三千子の胸のなかで鳴ったみたいに、どきどきした。

しかし、マアフリイは胸飾りをいじりながら、

「わたくし少し遅れて来ました。一時間にするだけのことにしてしまいましょう。」

と、ぐんぐん先きへ進んで行く。

生徒たちは恨めしそうに、声を揃えて、マアフリイの唇を真似る。

開港当時からの古い居留地⑤の丘が、すっかり黒い雲に包まれて、室内は日暮のように暗く、嵐に近い雨になった。

迎えの自動車だろうか、坂下に警笛がしきりに響き合っている。

授業を終った上級生の群が、廊下に流れて来て、

「ミス・マアフリイね。可哀想に、早速いじめられてるわ。」

と、一年の教室を覗くひと達もある。

「ちょっと、あの痩せて色は浅黒いけど、髪のふさふさした眼の大きな子、誰？」

「知らないわ。」

「ええと、あの子は、大河原さんだったかしら。」

「御存じなの？」

「どういたしまして。――お食事の時、不二屋があのひとに、ハム・パンを届けていたの。註文の黒板を見たら、ハム・パンを書き出しているのは、一年生では大河原さんだけだったの、今日はね。それで覚えたのよ。」

「あら、随分名探偵ね。」

三千子がそわそわと窓を見ると、誰か直ぐ向うで、自分に微笑みかけている顔があることに、気づいたけれど、雨の湿気で窓硝子《ガラス》が霞み、はっきり外が見えなかった。ちらちらと、紫色の感じが眼に残るばかり……。

ミス・マアフリイは、生徒のじれているのも知らん顔で、十分近くも授業を延してから、やっと教科書を閉じた。

「ひどい雨、気をつけてお帰りなさい。」

と、初めて少し笑顔を見せると、また肩を張って、不機嫌そうに出て行った。

三千子は鞄を抱えるなり、下駄箱に飛んで行って、靴を履き替えたが、余りひどい雨なので、玄関に棒立ちになったまま、坂道を眺めていた。

「経子さんは、どこに待ってるのかしら。」

と、事務所へ駈けて行くと、電話室の前には、銘々の家へ迎えを頼む人が、列を作っていた。

三千子の家は、電車で四十分もかかる遠くで、迎えには来られないけれども、向うの停留所まで出て貰おうと思いついて、電話の順番を待つことにした。

上級生には、いつも用心深く傘棚に雨傘を置いている生徒も多く、勝手知った小使室へ駈けつけて、学校の傘を借りて行く人もある。

俄雨《にわかあめ》で一番困るのは、やっぱり入学したばかりの一年生。

「あら、三千子さん、随分捜したのよ。」

と、経子がどこからか走り寄って来た。三千子もほっとして、

「あたしもよ。今ね、家へ電話かけるから、ちょっと待ってよ。」

「お迎え？　それならね、ついでにお断りして、あたしの家へ少し寄ってらっしゃらない？」

「だって、あなたのお家の方、初めてですもの、厭だわ、なんだか。」

「まあ！　いっしょに帰るって、さっき約束したのに……。あの話だってあるわ。」

「でも、お家どこ。」

「弁天通三丁目の貿易商だわ。お家へそうおっしゃっとけば、叱られないでしょう。」

やっと電話の順番が来たので、経子の家へ寄って行きたいと言うと、母はおし

まいまで聞かずに、

「いけませんたら。この雨の中を、そんな道草しないで、直ぐお帰りなさい。お天気の日になさい。いくらお約束だって、いいの、真直ぐ帰るんですよ。」

と、頭から三千子をきめつけて、電話は切れてしまった。

「だめ、母さまがいけないって、今日は。」

「まあつまんない。じゃ馬車道《ばしゃみち》まで御一緒にね。もう家から誰か迎えに来てるかもしれないから、傘を貰って来るわね。」

そう言い残して、経子は廊下の向うへ駈けて行った。

三千子がしょんぼり雨を見ていると、うしろから、なんとなくいい匂いがした。そして、名を呼ばれた。

「大河原さん。さっきはごめんなさいね。お傘ないんでしょう。」

振り向いて、背の高いそのひとの眼と見つめあい、三千子は黙って、誘いこまれるように、こっくりした。

青みがかった眼、紫光りに黒ぐろした髪、花のように匂う顔——このひとがあの花の手紙のように、自分のことを心にかけていてくれたのかと思うと、身内に火がついたように熱かった。

日頃夢見る童話の女神に比べて、このひとは生きて話をするばかりか、美しい手紙や、やさしいいたわりをみせてくれる。

「お家どちら、お送りしますわ。」

「でも、とても遠いんですもの。」

「じゃ、尚更お送りさせてね。こんな雨の中をひとりで帰したくないの。今直ぐ車が来るのよ。」

なにげなく三千子の鞄を抱き取って、夢ごこちの三千子の手をひくように、玄関へ出て行った。

そして、そのひとは、あたりの生徒たちに少うし気を兼ねるらしく、迎えの男の傘のなかへ、三千子を誘い入れた。

「三千子さん、大河原さん。」

と、廊下を駈け戻って来た経子が、目を円くして、三千子の後姿を睨んでいた。

「ごめんなさい、私待ったんだけど。」

と、三千子は素早く傘を抜け出して、経子の傍へ来るとささやいた。

「あの方ね、あたし知らないんだけど、どうしても送って下さるって言うの。なんだかいい方みたいで、あたし嬉しかったの。ごめんなさい、あなたのお約束忘れやしないけれど、あたし、あの方にお断り出来なくて、ごめんなさい。」

「まあ？　三千子さんみたいに気が弱くて、どうするの？　あの方ね、五年の八《や》木洋子《ぎようこ》さんて、有名なひとだわ。牧場のお嬢さんよ。とても秀才で、下級生なんか相手になさらないので通ってたんだけど……。でも菫の花束の方だって、素敵なひとよ。明日紹介するんだったのに。」

経子はこう言いながら、砂利道の端に濡れ立って、三千子を待っている洋子に、丁寧なお辞儀をした。

「その菫の方とも、誰とでもみんなと、お友達になってはいけないのかしら……。」

と、三千子は困った顔をした。

「そりゃそうだけど、まだあなたは分らないのね。明日話してあげるわ。」

「だって、美しいひとは、あたしみんな好きだわ。こそこそ隠れてお友達になるの、厭じゃないの？」

「じゃ、早くいらっしゃいよ。とにかく五年の八木さんは、いろいろと有名なひとなのよ。」

と、経子は三千子に謎のような言葉を残して、反対側の出口へ廻って行った。

三千子はなんだか女学校の交際というものが、随分妙に感じられる。例えば、毎日逢っているのに、お互いに知らん顔して、手紙でばかり話し合う。しかし考えてみると、これも楽しいことに思われる。口に出してしゃべってしまえば、その言葉は美しい匂いが消えるような気がする。

自分もその夢のような世界へ入ってゆけそうで、わくわくしながら校門を出て行くと、自動車が雨に光って、三千子を待っていた。

洋子は三千子の傍に膝を寄せて来て、

「どちらなの?」

「弘明寺《ぐみようじ》です。」

「じゃ、高等工業の直ぐ傍?」

「ええ、山の下。でも誰か停留所へ迎えに出てるかもしれませんの。」

車は山手の坂を滑って行った。目の下の街に雨が荒れている。

高い尖塔のある教会の前庭には、石畳の周りいっぱい咲き敷いた草花の向うに、満開の連翹《れんぎょう》(6)が、そこだけ灯をともしたように、明るく濡れていた。

「私の手紙うけとって下さる？」

三千子は下を向いたまま、うなずいた。

「でも、私のこと、学校の噂をお聞きになったら、どんなお考えに変るかしら。」

「あたし誰とも仲よくしたいんですの。きれいな方は、みんなお姉さまにほしい位。あたしお兄さまばかり三人もあって、女の子はあたしひとりなんですもの。」

「まあいいわね。私はひとりっきり。でもね、もうじき私の牝牛が子を生むのよ。今度見にいらして頂戴ね。」

三千子はその話を聞くと、いっぺんに親しい温かみが込み上げて来た。

「牛の赤ちゃんが、繋がれて歩いて行くの、見たことがあるの。可愛くって、ほしかったわ。」

「じゃ、一匹あげましょうか。」

「大きくなると怖いわ。いつまでも赤ちゃんのままでいてくれるといいわね。」

「牛の赤ちゃんばかりじゃなくてよ。人間だって、いつまでも子供でいられたら、どんなに仕合せでしょう。」

育つということは楽しい筈なのに、洋子の悲しげな言葉は、どこから来るのだろう。

三千子は答えようがなくて、そっと雨の町に、眼をそらせた。

2 牧場と赤屋敷

晴天の日曜日、どこかで花火のあがる音が聞える。

縁先《えんさ》きの藤棚の下で、お河童にブラシをかけていた三千子は、

「ね、どこかへ連れてってよ。きっと今日はいいお天気で、遊びに行けると思ったから、ちゃあんと宿題もかたづけちゃってあるのよ。」

「手廻しのいいこと言ってら。僕はだめだよ、野球に行くんだから。」

と、兄の昌三《しょうぞう》は寝椅子によりかかって、新聞から眼を離さない。三千子は厚い髪の毛を、房のように揺すって、

「いいわよ、その野球へ連れて行って。」

「三千子にはつまんないよ、暑くて、咽《のど》が乾いて、お尻が痛くなって。衛生によくないよ。」

「意地悪。」

「そんな、女学生なんかと一緒に歩くの厭だ。」

「どうしてエ？　チビだから？」

「学校の友達に見つかると、うるさいや。」

「いいじゃないの、兄妹《きょうだい》なんですもの。平気よ。」

「兄妹だから、尚嫌なんだ。」

「あら。」

昌三は中学[1]の三年生、運動好きで生真面目で、三千子とは日頃から言葉敵《ことばがたき》であった。大変な羞《はにか》みやで、時折、学校の帰りに、町のなかで往き逢うようなことがあっても、三千子の方をよう見ずに、赤くなって、さっさと足を早めてしまう。

それが面白いので、わざと三千子は、

「お兄さま。」

と呼びかけて、困らせたりするのである。

三千子は髪の手入れを終ると、熊手で庭を掃いた。

松の緑が青軸の鉛筆のように、ついついと十糎《センチ》も十五糎も伸び立ち、花壇にスイトピイ、マアガレット、薔薇が匂っている。

朝の風が清々しい。

「お食事でございますよ。」

鶏小屋へ砂を敷きに来た婆やが、裏庭から呼んだ。

三千子は薔薇の蕾を二三輪截《き》り取ると、匂いを嗅ぎながら縁側へ上り、洗面所の鏡の前に、その花を挿して、なにやら胸に満ちる楽しさで、茶の間に入った。

真白いテエブル・クロスのまん中には、スイトピイが溢れるほど盛られ、美しい五月の庭を思わせる。

「大兄《おおにい》さまは?」

「御用だろうねエ。」

と、母親は気性の勝った、品のいい横顔を、ふっと曇らせた。鬢《びん》の毛がめっきり薄くなっている。白い地肌が透いて見える。

「だって、日曜なのに。御一緒にいてほしいわ。」

三千子は頰を脹らませたが、日頃、大きい兄が母に心配をかけていることに気づいて、黙って箸を取り上げた。

そこへ、ぷんぷんタルカム・パウダアを匂わせながら、中の兄が入って来て、

「洗面所の薔薇は三千子かい？」

「綺麗でしょう。蕾って可愛いわね。」

「お父さまは薔薇が好きだったたね。」

と、母はちょっと思い出し顔をして、

「お仏壇に、あんな派手な花は似合わないけれど、昨日も截ってあげた。」

「いいわ、ハイカラな仏さまで。お仏壇に、ぱあっとした花があると、お家が賑かだわ。」

と、三千子は苦もなく母を微笑ませた。

末っ子で、そしてただ一人の女の子の三千子は、いつも母の憂いを忘れさせ、家中を明るくする、光りの天使……。

昨日から帰らぬ、大きい兄を除いて、婆やまでいっしょの朝餉《あさげ》がすむと、母は手袋をはめて、庭へ出た。蔓《つる》薔薇の油虫を、丹念につぶすのである。

三千子も芝の草取りをした。

昌三は中の兄と野球の話をしている。

そこへ婆やが、

「三千子さま、お電話でございますよ。八木さんと仰《おお》せでした。」

「まあ、八木さん？」

と、三千子はもう息をはずませて、

「ええ、あたし、三千子です。え、ええ、あらア、見たいわ。え、もしもし、ちょっとお待ちになって。」

縁側から庭の母を大きな声で呼んだ。

「ねえ、お母さま。今から直ぐ、八木さんのお家へ行ってもいい？　牧場へ行くのよ、仔牛《こうし》を見に。ね、いい？　いいでしょう？」

「お昼にはお帰りかい？」

「つまんない、そんなに早く。きっとお昼には御馳走して下さってよ。」

母はにこにこ笑いながら、

「まあ、そんな勝手なこと自分できめて、笑われますよ。折角そう言って下さるんだから、行ってらっしゃい。」

電話口へ戻って約束して、廊下を飛んで来ると、

「こら、どこへ行く。」

SCREEN

「牛を見に行くのよ。」

「牛?」

と、昌三は目を円くした。

「そうよ、牧場なの。仔牛よ。」

「なあんだ、うれしそうに。誰と?」

「上級の方。その方の牛なの。」

「よく手紙をよこす、あの糸のように細い字のひとかい。」

「ひどいわ、ひとの手紙見たの?」

「見るもんか。あんなセンチメンタルな……。変なことを喜んでるんだね。女学生って奴は、毎日逢ってるくせに、手紙なんかやりとりして。」

「お兄さまなんかに分らないの、野蛮人ですもの。」

母はもう手を洗って、簞笥《たんす》の前にいた。仕立おろしのフランネル(2)を出して、

「これを着てごらん。」

と、縮緬《ちりめん》絞りの兵児《へこ》帯(3)を添えてくれた。

水兵服《セエラア》の校服ばかり着馴れて、めったに袖のある着物を身につけたことのない

三千子は、びっくりするほどうれしい。

不断《ふだん》と違う姿を、「お姉さま」に見て貰えるのが、怖いように楽しい。

美しく生きることの歓びが、胸に溢れる思いだった。

その赤みがかったネルに、伯母さまからいただいた革草履をはき、スイトピイと薔薇の花束を抱えて、三千子は母の沁みるような眼に見送られて行った。


「あらア、いいわね。牛になりたいわア。」

と、三千子は袂《たもと》を翻《ひるがえ》して駈け出した。

牧場は足も縁に染りそうな青草、その上にころころ転がって、ほんとうに草を食べてみたくなる。

あちこちの円い丘には、クロオバアの花盛り。

そして、よく見ると、小さい名も知らぬ花が咲きこぼれている。三千子はその花の名を聞くことに忙しい。

「仔牛の朝御飯は、とても可愛いのよ。牧夫さんがね、朝露に濡れた草を刈って、牧舎へ持って行ってやると、顔を覚えていて、牛がうれしそうに鳴くのよ。青草の束にね、まだ生き生きした花が、いっぱいまじってるでしょう。仔牛はその花も、おいしそうに食べるの。」

と、洋子の説明で、三千子がうっとりうなずいていると、のどかな鳴声が聞える。

「あら、あんなに牛が、高い丘に登ってるわ。行ってみたいわ。」

と、三千子は眩しそうに見上げた。

「草を食べながら、だんだん高い丘へ登って行くのよ。今日の乳を絞って貰った牛よ。」

洋子は落ちついて、牛よりも三千子を好もしそうに眺めながら、

「ねえ、どの丘がいい？　三千子さんの一番好きな丘で、お食事しましょうよ。」

「ええ。」

三千子は洋子の手を引っぱって、あの丘へ走って行くと、向うの丘がよいと言い出し、また別の丘へ連れて行くので、洋子は笑い出して、

「いやよ、三千子さんは、気が変りやすくて、欲ぼけで……。そんな風に次から次へ、新しいお友達に移って行くの？」

「あらア、ひどいわ。意地悪。」

「ううん、嘘よ。だけど、あんまり遠くへ行っちゃうと、椅子やなんか運ぶの、大変でしょう。」

「だって、どの丘もみんないいんですもの。」

「そうよ。きれいな方は、みんなお姉さまにほしい、誰とでもお友達になりたいって言った、三千子さんのことですもの。」

「知らないッ。」

と、頬を染めて、瞼《まぶた》を落すのを見ると、洋子は、三千子がもう自分ひとりのものになったと、勝利の幸福に胸顫《ふる》えるのだった。

洋子のお伴について来た、女中にいいつけて、事務所の椅子や卓子《テエブル》を運ばせ、青空の下のサロンが設けられた。

バスケットの中から、缶詰類や、パンや、紅茶や、おすしまで出て来た。三千子も手伝って、食器を青草の上に置いてみて、

「小さい時のままごとを思い出すわ。」

「あの頃がなつかしいわね。」

と、洋子もふと黙ったが、女中を呼んで、

「じゃア、お湯を沸して、牛乳が温まったらしらせてね。それから、クリイムが出来てたら、貰って来て頂戴、私の苺と……。」

それを待つ間に、三千子は、

「跣足《はだし》になって歩いてもいい？　綺麗な草を踏んでみたいの。」

そして脱いだ、白い足袋と濃い臙脂《えんじ》の草履が、くっきり青草のなかに浮ぶのを、洋子は、三千子の可愛い魂の滴りのように眺めながら、少し愁えを含めて、

「三千子さんは、こんなところどう？」

「どうって――とても素敵。お伽《とぎ》の国みたい。」

「ええ。だけど、ほんとうに住んでみれば、あんまりお伽の国でもないって、事務所の人がよく言うけれど。あたし、卒業したら、いっそ牧場守りになろうかと思うくらい好きなの。」

柔かい草を踏み廻っていた三千子は、小声の歌を止めて振り向いた。

洋子も今日はすっかり乙女びた日本着物で、その初々しい帯姿や、ただ生地を鮮かに引き立てたとしか見えぬ、新しいお化粧の方法が、三千子には眩しい。

こんな美しいひとが、この青い牧場で、牛のお守りをしたら、どんなにおいしい、そして清らかな、お乳やチイズが出来るだろう。

でも、直ぐあとから、それでは惜しいような気がして、このひとはやはり大輪の花々につつまれ、艶やかな灯に照らされて、明るく、豊かに、生き誇ってほしい、それが似つかわしいと、三千子は思い直した。

「ほら、あすこへ出て来たでしょう。」

と、洋子の指さす木蔭から、仔牛が二三頭近づいて来た。

目の前に、思いがけない大きな牛で、三千子は息をつめて、洋子に寄り添うと、

「こわくない？　なんにもしない？」

「おとなしいのよ。」

「あら、あら、あんなに大きいお乳、気味が悪いわ。」

ほんとうにびっくりするほど大きい乳房――桃色の大きな袋を、たぶたぶ腹に垂れて。

「私はあのお乳を見ると、いつもお母さまのことを思うの。」

と、洋子はしんみり声をうるませた。

「ちょっと見ると、恰好《かっこう》が悪いけれど、柔かで、豊かで、あのなかに温いお乳がいっぱい入ってるんだもの、母性の象徴《シンボル》だと思うの。」

三千子はこくりとうなずいて、洋子の深い考えに感心しながら、立派な乳房を見直した。

しかし、洋子の顔をかすめた、愁えの顔には気づかないで、

「あたしも、あのお乳を搾《しぼ》ってみたいわ。」

「むずかしいのよ。牧場では、お乳を搾れるようになったら、立派な一人前なの。三年も四年も稽古するの。仔牛が吸いつくのと、同じ手触りで搾らないと、お乳の出が止ってしまうのよ。」

そこへまた、母牛の後から、仔牛が二頭歩いて来た。

「まあ、可愛い。鹿のようだわ。」

と、三千子はばたばた駈け出して、仔牛の背を撫でると、すべすべして暖かい。

「これ、お姉さまの仔牛？　もうお名前あって？」

「そうそう、まだつけてないの。ふたりで名づけ親になってやりましょうか。」

そんなことも、楽しくて楽しくて、三千子は頰が輝いた。

1937.

草に足を投げ出して、代る代る名前の言いっこを始めた。

「レイン、どう？」

「雨？　いやだわ、雨なんて。」

「だって、雨の会話で、ミス・マアフリイに意地目られて、それから雨のお蔭で、お姉さまに初めて送っていただいて……。」

「でも、雨は変だわ。アのつく名前と……アリサはどう、アンドレ・ジイドの（狭き門）[4]のアリサ。」

「雨さ、と聞えるわ。人の名前でもいいの？　じゃあ……男の子ならポオル、女の子ならヴィルジニイ。」

「まあ、（ポオルとヴィルジニイ）[5]を読んで？」

「ええ、お兄さまの（岩波文庫）やなんか、みんな読むの。」

と、三千子は本の名を数え上げた。

「まあ、うれしい。でも、三千子さん分るの？　あたしも綺麗な物語は大好きよ。アのつく名前からお話しましょうね。この次会った時は、イにするの。……そう、あの可哀想なアラクネはどう？　三千子さんも、知ってらっしゃるかもしれない。」

と、洋子は草をむしりながら、遥かな目もとで話し出した。

――大昔のギリシャの島に機を織り暮した、美しい少女アラクネ、自分の織る絹の美しさにみとれて、心が驕り、ミネルヴァの神の技にも勝るだろうと、ひとりごとを言ったために、工《たく》みの女神ミネルヴァの怒りに触れて、女神と機織りくらべをすることになったアラクネ。

審判はジュピタア大神。そして、負けた者は、二度とこの世で機を織らないという約束。

やがて、その日が来て、アラクネはいつもの木蔭で、ミネルヴァは雲のなかで、懸命に絹を織り、大神ジュピタアは青空の金の椅子から眺めた。

けれど、とうとうアラクネは、ミネルヴァの妙なる神技に及ばぬことをさとって、泣いてあやまると、女神もアラクネの慢心が直ったのを、大層喜んで、

「ジュピタアさまの前で、結んだ誓いは変えられないけれど、お前を人間でない姿として、この後いつまでも、糸の織れるようにしてあげよう。」

と、アラクネの体に手を触れると、アラクネは忽《たちま》ち一匹の美しい蜘蛛《くも》――そう

して、いつもの木蔭で、楽しい糸を織りはじめた。

「ねえ、いいお話でしょう。」

三千子はうっとりうなずいて、

「ええ、そのアラクネにしたいわ。」

「そう、じゃ、三千子さんの仔牛はアラクネ。私の仔牛は?」

「この次のお話の名前をつけるの。」

ふたりで青草に顔を伏せて笑った。

こんな日が長く長く続いたら、三千子は羽根が生えて、天使になれそうな、清い気持だった。

五月の空を抱くように、両の腕をひろげた。


一年生もすっかり学校に馴れて、それぞれ仲よしを作ったり、お姉さまを持ったりして、無邪気ななかにも、少女らしい競争心を働かせ、繊細な感情のもつれも起るようになった。

あの菫の花の、四年B組の克子《かつこ》からは、三千子が洋子のエスになった後も、幾度も手紙が届いた。けれど、もう洋子に妹の心を寄せた三千子は、どうしても克子をただのお友達としてより、深くは思えないのだった。

朝礼の時、克子は四年の副級長をしているので、最前列に立ち、その隣りには、五年の級長の洋子が並ぶ。ふたりの間は、見たところなにげないようであったが、克子は怜悧《れいり》な眼に火花をちらちらさせて、伏目勝ちの洋子に、ちょっとでも隙があったらと、折をうかがっている。

それを一番よく知っている三千子は、小さい胸が痛むこともある。

そしてその頃から、校内に洋子の噂が高くなった。優等生で、マダムのお気に入りで、仏蘭西《フランス》語が達者で——という、前からのいい評判を、裏返すかのように、洋子の家庭の蔭口がひろまって来た。

「あなたの八木さんね、お母さまがないのよ。」

と、経子が三千子の顔色を読むように言う。

「お亡くなりになったの？　だから、あの方愁い勝ちなんだわ。」

「ううん、それで生きてらっしゃるんだって。」

「じゃ、きっと事情《わけ》がおありなのよ。よけいお寂しいと思うわ。」

「そりゃ、とても大ありなのよ。だって、エスのあなたにさえ、お話にならないくらいの事情《わけ》ですもの。」

「あたし、あの方のお家と仲よしになったんじゃないから、そんな悲しいこと、お尋ねしたくないの。あの方もお喋りじゃないでしょう。よけいなことおっしゃらないのよ。」

経子は、ふんと蔑むように聞いていたが、突然耳もとへ唇を寄せて、

「ないしょよ、いい?」

と、念を押してから、汚いものでも吐き出すように、

「八木さんのお母さんはね、あるところへいってらっしゃるの、遠くの。知ってる?　あるところって……。」

耳の穴が塞がればいい。経子の唇が縫い合されればいい。三千子は背筋がすうんとなるような、怒りに燃えて、急に耳を離した。

なにか知らないけれど、お友達同志の間なら、悪い噂は隠してあげてこそ立派なのに、なんという醜い友情。ひとの不幸を喜ぶ心理。

「聞かない。聞きたくないわ、あたし。」

「どうなと、三千子さんのお勝手よ。だけど、外ならぬ八木さんのことを、三千子さんが知らないなんて。」

「ねェ、これからそんな噂をする人があったら、経子さんも消してあげない?」

「消したって、いったんひろまったものを、抑えられるもんですか。」

三千子は、こういう辱しめのなかに、洋子が立たされるようになったのも、みんな自分が原因らしいと考えると、尚更洋子への思慕が募るのだった。

また一方、器量はいいけれど、眼もとに険《けん》のある、克子の烈しい顔が、思い浮んで来る。味方としては頼もしい人でありそうだが、敵に廻したら、どんなに意地悪く振舞われることかと……。

その次の時間の休みに、三千子はひとり教室に残って、早速洋子宛ての手紙を書いた。

　お姉さま

朝、御み堂の前で、五年のクラスと一緒になりましたでしょう、あのとき、お顔いろがいつもより蒼くみえましたけれど、外の青葉がうつったのでしょうか。お元気でいらっしゃらなくては厭。
午後からは、苦手のミス・マアフリイの時間ですけども、あの日お姉さまにお渫《さら》えしていただいたので、大威張《おおいばり》で今日は手をあげます。
坂下の赤屋敷のところで待っています。クラスのひとがあの日お姉さまににあんまりはやしたてるので、
でも、どんなことがあっても、いつまでもあたしのお姉さまでいて下さるよう。

朝風のなかで――　　三千子

ノートを切り取って、結び文に作り、校庭へ出て行った。

まもなくカランカランと鐘が鳴ると、いつも洋子の通る廊下の曲り角で、三千子は待っていた。

小さい本を片手に、洋子は二三人と肩を揃えて歩いて来たが、青葉の光り眩しい、外の明るさとちがって、階段の蔭になった、廊下の曲り角は薄暗くて、紺の

スカアトに、顔だけ仄白く浮いて見える。

三千子もなにげなく、壁に寄り添って歩き出し、生徒の往き交うなかで、無言のまま、洋子の掌に手紙を握らせると、少うし上気した頬をおさえて、廊下に近い一年の教室に、駈けこんでしまった。

赤屋敷と町の人に呼ばれている西洋館は、校門の坂下の空家で、以前は評判のラシャメン(6)が住まっていた、大きい邸宅——。

洋子の家は、この赤屋敷の前を下りて、向う側の坂を登りつめた小高い場所で、庭から正面に、晴れた富士山を見晴かす、閑雅な住居だった。

予科から何年かを、洋子は毎日この道を通学して、とうから赤屋敷の風評は聞いていた。

——洋子が女学部に入って、まだ間もなくの或る日、紅殻色《べにがらいろ》(7)に塗った、低い庭垣の横を歩いていると、屋敷のなかから、ピアノの音が洩れて来た。なんの曲か知らないけれど、哀愁を帯びた、細い唄声も……。

「どんなひとだろう。」

思わず伸びあがって、木立のなかを覗いた。

花盛りのパアゴラ(8)の奥に、淡色の服で独り唄っている。髪の黒い、しとやかな化粧の、日本婦人である。

わるいものを見てしまった時のように、はっと身をすくめて、また歩き出しながら、

「今のひとが、みんなの噂する、あの……。」

ラシャメンという名に、似つかぬ婦人のような気がして、世間の人の口が信じられぬ、義憤めいた悲しさを感じた。

それから、洋子は赤屋敷の前を通る度に、もいちど、はっきりその婦人を見たいと思うのだったが、いつも広い庭ばかりで、人の姿はなかった。

いつ忘れるともなく、もう屋敷の方を振り向かずに通るようになって、ふと或る時、洋子がその屋敷の空いたことに気づいたのは、大分庭も荒れてきてからだった。

それからもう邸内は廃屋じみる一方、雨や風のあとには、植込みの枝が折れたり、栞戸《しおりど》が倒れたり、花壇の花が横倒しになったりしているのを、洋子はどんな

MOKUREN
NO. KIMI
.YōKō.

にはかなく眺めたことだろう。

寂れるとまた、洋子はなぜかこの屋敷に心惹かれる。三千子と仲よしになると、直ぐ赤屋敷の話を聞かせ、遠い物語めいて——ふたりの楽しい夢の宿のひとつになった。

クラスの人びとも、上級生と下級生と一緒に帰ったり、睦じそうに話し合ったりしていると、

「あのひととあのひと、オディアよ。」

と、オオ・ディアを略してひやかす。また、そのオディア組も、ひやかされるのが一種の誇りで、口で厭がるほど、そういう野次馬を、不愉快に思っているのではない。その微妙な心理を、ちゃんと見抜いていて、

「ひやかせば、嬉しがるだろう。」

と、野次側の心理が、あらわになる時は、少々くどい気がするけれども……。

洋子と三千子の場合には、競争者が入ったので、よけい派手に見えて、いつまでもみんなの注意を惹いた。

それで、ひとずれてない生い立ちの二人は、いつとなく校友の目を避ける癖が

ついて、お帰りのときも、たいてい、人気《ひとけ》のない赤屋敷の前で、往き逢うようにしている。

先きに門を出た三千子が、荒れた庭の前に立って、靴の紐をゆっくり結び直しているうちに、四五人の生徒はとっとと行き過ぎてしまい、じきに洋子の姿が見えた。

肩を並べて歩くと、別にもう話をしなくてもいい、静かな心であったけれど、

「三千子さん、きっともう、あたしのこと、いろいろ聞いてらっしゃるんでしょうね。」

三千子はどきんとしたが、首を振って、

「あたしひとの言うことなんか、信じないの。だって、意地悪が多いんですもの。」

「ほんとうね。だけど、誰でもを、素直に信じられないというのは、不幸の始めじゃないかしら……。」

三千子はまだ、洋子の忌わしい噂に対する懸念を、打ち消してあげたいとばかり考えて、「ひとを信じぬ」なぞと、つい生意気を言ってしまったのに、洋子が

むずかしい解釈をつけるので、円《まる》い眼をくるくるさせて、戸惑ってしまった。そして、洋子の磨かれた心の働きを、尊いものと驚いた。

「だって、あたしは誰とも仲よく親しみたいのに、あっちへついたり、こっちへついたり、変なことをする人が、クラスにもいるのよ。そんな人を信用するのは、自分までできたなくなるようですもの。」

「ええ、そりゃ、そう。」

「お姉さまの噂なんか、あたしにはおかしいわ。だって、こんなによくお姉さまの傍にいるのに、よその人の噂で、お姉さまのこと教わる必要ないんですもの。だから、なんにも聞かないの。聞えても聞かないの。」

洋子はもう涙いっぱい、うるんだ眼眸《まなざし》で、熱い手を差し出して、三千子と固い握手した。

「まあ、三千子さんたら、そんなにあたしを信じていて下さるのに、あたしは、あたしは……。」

と、次の言葉が咽《のど》につまって、洋子は逃げ出すように坂を下りた。午後の影、自分の長い影に怯《おび》えるかのように……。

しかし、やがて思いきった風に、胸の痛みが噴き出すかと聞える声で、話し出すのである。

「あのね、このお話は、あたしの急所みたいなの。一番つらい気持。でも、言わないでいても苦しいのよ。あたしは嘘つきになりたくないんですもの。どんなに惨《みじ》めに思われても、三千子さんには、なんにも隠していられないの。あなたの無邪気な美しさが、あたしに大きい力を下さったのよ。」

そこでまたしばらく口籠って、

「あのう、学校の噂、みんなほんとうなの。」

三千子は、いつか経子からささやかれた時のように、耳の聞えるのが恐しい。経子の蔭口ならば、聞かずに逃げることが出来るけれど、洋子の真実の告白には、どうして耳が塞げよう。

洋子の顔を見ないで、ただうなずいた。

「それでも、あたしとお交際して下さって？」

真剣に問いつめられると、三千子は血が引いてゆくようだったが、やっぱりうなずいた。洋子は伏目勝ちに、

「あたしのお母さまを、あたしは知らないの。生れてから一度も見たことがないような気がするのよ。お母さまのいないことを、私が不審に思いはじめたのは、学校へあがってからなの。遠足や学芸会に、みんなお母さまがいらっしゃるのに、あたしには、お年を取った、お祖母《ばあ》さまばっかり……。それでもお祖母さまのいらした頃は、あたしも快活だったの。お父さまとお祖母さまのペットで、とても仕合せだったんですもの。お母さまは、お亡くなりになったとばかり思ってたから、悲しくっても、あきらめられた。それなのに、お祖母さまもなくなってから、あたしは初めて、お母さまの真実を知らされたの。古くからいた爺やの娘が、しゃべったのよ。急に私の元気がなくなったので、お父さまはびっくりして、いろいろ手を尽して下さったけど、駄目だったわ……今だっても。お母さまは……。」

三千子はまっ青な思いで、洋子のいつにない烈しさに打たれながら、洋子の次の言葉を待った。自分の体も顫《ふる》えて来そうに――。

3

開かぬ門

海の空に、夏という快速船の吐く煙のような白い雲が浮んで、梅雨晴れ。雷も鳴った。それも海の上から聞えて来ると、爽かな祝福。

波の青さが、急に思い出される。

運動場の青草は、蒸れるように生温かい。生徒たちはそれぞれ仲よし同志、木蔭をみつけては、みんな新しい肌着の、ほのかな汗の香も、好きなひとのだと思えばなつかしい。

もう夏休みの相談である。自分の行く避暑地の自慢に、幾らか虚栄心も交えて――。

港だから、むろん市内に海水浴場もあるけれど、そんなところで泳ぐと言う者はない。

鎌倉は「海の銀座」と、よく夏の新聞に出ているので、一等よい避暑地なんだ

ろうと思って、鎌倉へ行くと一人が言うと、

「ええ。私ンとこも、鎌倉に家があるんだけれど、行っちゃアいけないって。あんまり賑やか過ぎて、品が悪くなったんですって。良家の子女は、だんだん少くなるって、お母さまが言ってらしてよ。誘惑があるから。」

と、早速平らげられてしまった。

「あら、誘惑？」

このおかしな言葉で、明けっ放しに三四人笑い出した。

「経子さん、あなた自由型の選手だったんですって。」

「あら、ちっとも知らなかったわ。タイムは？　ねえ、教えてよ。」

経子は得意顔で、

「ううん、だめなの。海もいいけれど、今年あたりから、山へも出かけたいわ。なんて言っても、海は子供の遊びね。」

「そうね。どこの山へいらっしゃるの？」

「軽井沢。」

「あらア、軽井沢が山だって。高原じゃないの？」

「そうよ、あんなとこ、高原中の低原だわ。」

と、経子は負けてるものかと、

「うちは貿易商でしょう。取引先の外人が大勢行くから、誘われるのよ。お隣りの婦人服屋さんも、毎夏出張なさるの。あたし、軽井沢を根拠地にして、山へ行くのよ。」

「軽井沢の近くなら、浅間山？　上高地なら登山にいいけれど、軽井沢はお見当ちがいじゃないの？」

「あんた、汽車のあることを知らないの？」

少うし雲行が険悪と見て、こういう時に、いつもおどけたものいいをする照子が、

「海に住む者は山を恋い、山に住む者は海を恋う、これ人間の弱さなり、ひとのものは、なんでもよく見える、なんでも羨しい、なアんて悲しい人間でしょう。」

と、笑わせておいて、傍らの三千子の肩を叩いた。

「大河原さん、あなたなんか、ひとを羨しがることなぞないわね。いつでも、ひとに羨しがられてらっしゃるんですもの。」

こんな話の仲間には、余り加わらないで、青草に足を伸していた三千子だった。

経子たちのグルウプは、近頃目立って、自分をチクチクからかおうとしていることに、三千子は気づいていたので、「また」かと思った。

照子は無邪気に見せかけているけれど、仲間はずれの三千子に、突然鉾《ほこ》を向けることで、経子の口喧嘩を紛らわそうとする、お取巻き根性もあったかもしれない。

その道具に使われたような気がすると、三千子は黙っていなかった。

「そうね。――でも、ひとに意地悪したり、意地悪されたりしても、平気でいられるのが羨しいわ。」

しんとした。

無口で控えめな三千子が、いつになく、叩こうとする手を振り払うような、強気を見せたので、経子たちは、あっけに取られた形だったが、

「まあ、それじゃ、大河原さんだけが、おやさしくていらっしゃるように聞えるわ。」

「それよりも、あたしたちが鉄の心臓だって、暗にあてつけてるんだわ。」

三千子は心のなかで、

「あら。この人達は、自分で白状するようなこと言ってるわ。」

と呟くと、それだけでもう胸が晴れた。

ところが、経子が三千子の傍へ寄って来て、

「心臓が強いというのは、三千子さんみたいに、お姉さまを幾人も持つことだわ。」

なんという辱しめの暴言――三千子はカッと頬が燃えて、声を顫《ふる》わせながら、

「いつ、あたしが、いつ、そんなことをして？」

経子はわざと落ちつきすまして、

「あらア、だって、克子さんからも、あの菫の手紙をお受けになったでしょう。」

「あの方、菫のように、やさしい方かと思ってたからなの。」

「それから……お名前云うと悪いけれど、そのほかに、四年のひと二人、五年の人四人、はっきりしてる方だけでも、七人じゃないの？」

「あのう、それじゃ、水《みず》の江滝子《えたきこ》だの、葦原邦子《あしはらくにこ》だのは、あんな大きな郵便箱持って、タンクか軍艦みたいな心臓かしら。お手紙なんて、貰う者の意志でなく、

下さる方の勝手じゃないの？　お手紙いただいたからって、あたしが七人のお姉さまを持ってることに、どうしてなるの？」

一言一句に、正しい自信が溢れて、軽いユウモアさえ含んでいた。

か細い三千子の体のどこに、こんな力が籠っているのか。

ただ、三千子を厭がらせてみたくて、経子は不用意の矢を放つだけだったのに、思わぬところから、撥《は》ね返って来たので、今更後へは退けなくなった。

その上、グルウプのなかで、クインのような存在から言っても、日頃の自分の光を示すのは、この時とばかり、

「あきれたわ。女学生とレヴュウ[1]のスタアと、いっしょにしていいのかしら？　スタアは人気が命なんですもの、手紙も多い程、いいにきまってるけれど、あたし達は学生じゃないの？　お姉さまからお手紙を貰うために、女学生になったんじゃないわよ。それなのに——。」

と、経子はここで息をつめて、なんと言ったら、いっぺんに三千子をやりこめることが出来るかと、考える風だったが、

「それなのに、大勢の手紙を受け取って、レヴュウにでも入るといいわ。」

そして、経子は仲間を見廻したけれど、流石《さすが》に誰もかれも、白けた顔で、妙にひっそり黙っていた。

三千子は、つと立ち上って、木の葉の夏の輝きを見上げた。駈け出した。

「きっと、あたしが負けて、逃げ出したと思ってるんだわ。あんなことで勝ってみても、なにが嬉しいだろう……。」

と、校舎の方へ洋子を捜しに行くと、始業の鐘が鳴った。


その日は土曜日なので、三千子は洋子の家に寄る約束をしていた。

経子たちとの口争いも、洋子に聞いて貰わねば、胸に濁りが残る。

待ち合せるのは、いつもの赤屋敷の庭。洋子より先きに来て、本を開いた。


おこしてよ。おこしてよ。

私の病気なおしてよ。

早くしないと春が来ちゃうじゃないの。

桜が咲いて、楽しい頃迄に早くなおしてよ。本当に私は待ちくたびれた。

早くなおさなきゃ、花瓶をわるぞ。早くなおしてよ。気がせくせく、おきたいおきたい。いくら寝たとてなおるかどうか。早く起せばなおるかもしれぬ。早くおこしてよ。

「私をよい子にしてよう。私、中々よい子になれないのよう。ねってば。」

ああ、こんなに甘ったれて抱いてほしい。母様のやわらかい絹の着物を見ると、母様のやわらかそうなひざを見ると、私はだきつきたい気持がする。そして私は只《ただ》、母様のひざに触る。又は袂にさわって見る。「ああ。」と大きな声を出す。抱きしめてほしい。

本の好きな中の兄が、三千子の作文を大層ほめて、つい先達て買ってくれた、一少女の文集である。

「薔薇は生きている」(2)という、本の名も好きだ。

けれども、この薔薇は——山川弥千枝《やまかわやちえ》という少女は、数え年十六で昇天して、

これは遺稿集である。

そう思うと、「生きている」という言葉が、尚生きている。


美しいばら触ってみる、つやつやとつめたかった。薔薇は生きている。


という、少女の遺した歌から、本の名が出来た。

「あたしをよい子にしてよう。あたし、なかなかよい子になれないのよう。ねってば。」

どこかに隠れていて、お姉さまが来たら、いきなりそう言って甘えよう。

顔を見ては、恥しくって、とても言えない。

この思いつきが愉しくて、三千子は荒れた庭のなかで、急に明るくはしゃいだ。

玄関のポオチへ行くと、洋子の目につくように、「薔薇は生きている」を、その石にそっと置いた。

小さい花を折って、今の頁《ペエジ》に挟んだ。

往来に靴の音が近づいて、

「三千子さあん。どこ？」

透き通った洋子の声が聞える。

「ここよ。」

と、三千子は飛んで行きたいのに、肩をきゅっとすくめて微笑むと、足音を忍ばせて、裏手へ廻った。こっそり物置の蔭に隠れた。

「三千子さん。」

と、今度は訝しそうに小声で呼んで、洋子は庭へ入って来た。

静かな屋敷町から、午後の音楽が聞えるばかり。

港の船のポオが鳴ると、それの消える瞬間は、ふと、無住の廃屋の不気味さ。物の影の濃い、眩しい光だけれど、あの猛々しい夏が、そこらいっぱいになる前なので、なんだか真空のように寂しい。夜と闇とはちがう、白昼の白々とした恐しさ。こういう明るさのなかの怪奇の物語を、洋子はなにかの本で読んだような気がする。

だんだんこわくなって来ると、却《かえ》ってじっとしていられなくて、洋子は植込みのなかまで、捨鉢みたいに捜し歩いた。

手入れを忘れた植木は、枝葉の茂り放題、雑草も伸びるにまかせ、蜘蛛《くも》の巣が帽子にひっかかったり、木の枝に顔をはたかれたり――。

「三千子さん、三千子さん。どうしたのかしら。約束を破る人じゃないから、あたし、いつまでもこうやって捜すわ。」

この廃屋の妖気にあてられたのじゃないか。そんなことまで思って、ひょいと屋根を見上げると、赤い瓦だけが生き生き光っていて、洋子はぞっとした。

「三千子さん。」

物置の蔭で、さっきから洋子の様子を見ていた三千子は、出るにも出られなくなった。

洋子があまり真剣なので、バアと飛び出すわけにゆかないし、しかし、洋子よりもっとこわくなった。

「あたしをよい子にしてよう。」

と、隠れたまま言ってみたい、せっかくの名案など、もう忘れてしまって、

「きっと、お姉さま、お怒りになるわ。叱られるのはつらいけれど、早くあやまってしまおう。」

しおしおと裏庭へ出て、

「お姉さま、ごめんなさい。」

「まあ！」

洋子は草むらに棒立ちになった。

「いたずらねえ。」

と、言い終らぬうちに、青い頬が赤らんで、もう微笑んでいた。

「よかったわ。」

三千子は殊勝にうなだれていた。

「安心したら、急にお腹がすいちゃったわ。早く家へ行きましょうよ。」

三千子はその優しい心づかいが、こごとよりも胸にこたえて、

「ごめんなさい。あたし、お姉さまに、ちょっといいこと言いたかったの。だけど、お姉さまがあまり心配そうで、言えなかったの。出られなくなっちゃったの。」

と、大きな眼を、ぱちぱちさせてあやまった。

「あら、どんなこと。」

「隠れてでないと言えないの。」

「それじゃ、もう一度隠れてらっしゃいよ。」

「いや。」

と、あどけなくかぶりを振って、

「ねってば。ああ。ああ。」

「まあ。変な声出して。どうしたの。」

「あたしはやさしくないのよウ。」

「やさしいわよ。」

「ううん。本に書いてあるの。」

「なにひとりで喜んでるの？　ちっとも分らないわ。」

と、洋子は笑ってから、少し沈んだ声で、

「もう隠れちゃ、いやよ。」

「ええ。」

「どんなことあっても、きっとね、私、今、三千子さんを捜しながら、とても悲しかったのよ。いつか、いつかね、三千子さんを、ほんとうにこんなにして、捜すんじゃないかって、ふっとそう思ったの。その時は、もう幾ら捜したって、三千子さんは見つからないのじゃないかって。」

三千子は不思議そうに、洋子を見上げた。

「だってそうでしょう。今はじょうだんに体を隠しただけだから、いいけれど、三千子さんが心を隠してしまったら、私どうして捜せばいいんでしょう。」

「いや、そんな……。」

と、三千子は洋子の腕を揺すぶった。

「ふっと、そう思っただけよ。でも、あたしはどんなに遠くへだって、三千子さんの心を捜しに行ってよ、きっと。」

三千子は洋子の言葉を聞くと、経子たちにからかわれたことなぞ告げ口して、洋子の気持を乱す気にはならなかった。黙って、自分の胸のうちに、また誓いを立て直した。

「一生、お姉さまをひとりしか持ちませぬように……。」

洋子の家は、学校の丘と窪地一つで向い合った丘の上。

古めかしい重みの石門には、鉄格子の扉がぴったりとざされて、青々と蔦がからんでいる。

「この御門はね、お祖母さまのお葬式からこっち、閉ったきりなの。」

と、洋子は淋しそうに、蔦《つた》の葉を一枚むしり取って、

「開かない門なんて、不仕合せね。」

三千子は、わが家の低い木の門が、気軽に年中開けっ放しなのに、思いくらべてみて、

「こんないかめしい御門《ごもん》がしまってると、入ろうと思って門の前まで来ても、入れないで帰って行くような気がするわ。」

「そうね。幸福が入って来ないような、厭な感じでしょう。だから、あたしのくぐるのは、小さい門を、お庭の横につけていただいたのよ。」

ぐるっと石の塀を廻った、往来から横へ折れた小路に、蔓薔薇の花の円いトンネル、その前に低い庭門がついている。

「あら、こんな可愛い御門があるのに、お城のような御門で、あたしをおどかして、いやなお姉さま。」

「赤屋敷の敵を、薔薇の門で討ってあげたのよ。」

と、洋子はにこにこした。

三千子もくやしいので洋子を煙に巻いてやりたくて、

「薔薇は生きている。薔薇は生きている。」

と、気取って言った。

「そうよ、薔薇は生きてるわ。」

と、洋子が頭の上の花を見上げたので、三千子はクスッと笑うと、いきなり本を洋子の鼻の先きに突きつけて、

「ううん、これよ。」

「これ？　あら。(薔薇は生きている)って本の名前なの？」

「お姉さまに上げようと思って、折角赤屋敷のポオチへ置いといたのに、拾って下さらないんですもの。」

「三千子さんを捜すのに、夢中だったから、眼につかなかったのよ。」

そして、手を出して、

「頂戴。」

おしゃれな綿細工のように、気取った散髪をした小犬が、飛んで来た。ワイヤア・ヘエア・フォックス・テリヤ。

足元にまつわりつくのに、洋子はちょっと犬に眼をやっただけで、浮かぬ顔をしている。こんなに可愛いお迎えなのに。

そういえば、今日学校で会った時から、洋子の眼にも頬にも張りがなく、いつもより顔色が冴えないと、今になって三千子も気がついた。

「お顔色、悪いわ。」

そっと言ってみた。

「そうオ、別になんでもないの。」

と、洋子は三千子の眼を避けるように、さっさと小砂利を蹴って行く。

犬だけは元気よく、玄関と洋子達との間を、行ったり来たり駈け廻っている。

どうして、急に洋子の機嫌が悪いのか、三千子は見当がつかない。

さっきのいたずらが、まだ気に障ってるのかしら。

それとも、三千子の知らぬ心配ごとかしら。

湿っぽい玄関を入ると、半分白髪の婆やが、行儀よく手を突いていた。

「ただいま。さっき電話かけたの、しといてくれた?」

婆やはお嬢さんがいとしくてならぬように眼を細めて、洋子の脱いだ帽子を手に持ちながら、

「さあ、どうぞ。」

と、三千子にも微笑んだ。

長い廊下を二つも曲って、洋子は、明るい居間に誘い入れると、

「この間、作ったのよ。」

と、いきなり壁の人形を指さした。

三千子はうなずいて、もの珍らしげに部屋中を見渡した。

人形ばかりではない。洋子の豊かな趣味を現しているような、落ちついた油絵の風景画や、フランス刺繍《ししゅう》のテエブル・センタアや、千代紙細工の手文庫や、土ひねりの風俗人形などが、程よい場所に、部屋を飾っていた。

「まあ、いいお部屋。だからお姉さまったら、勉強がよくお出来になるのよ。」

「ひどいわ。それじゃ、悪いお部屋に住んだら、あたし、馬鹿になるって言うの?」

洋子は笑いながらであったけれど、その言葉には、なにかじょうだんとも思えぬ響きがあった。

三千子はびっくりして、

「あら。お姉さま、意地悪ねエ。だって、綺麗なところにいたら、勉強でもなんでも、気が進むんですもの。」

洋子はうつ向いて、「薔薇は生きている」の、赤い水玉模様の表紙をいじっていたが、ふと顔を上げて、なんでもなかったという風に笑うと、

「そうそう、今日はね、三千子さんに、いっぱいおあげしたいものがあるの。」

と、立ち上って廊下を出て行った。

直ぐ快活に戻って来て、三千子の房々した髪に手をあてながら、

「ね、直ぐお食事よ。なんの御馳走だと思う?」

「あら、分らないわ。でも、おいしいものにきまってるから、あたし安心してるの。」

「ううん。三千子さんの嫌いなものばかりね、苦心して揃えといたんだから。」

と、洋子は首をかしげて、わざと勿体《もったい》振り、

「ええと、ドジョウ、ウナギ、冬瓜《とうがん》、煮魚……。」

「あらア？」

「あたしの嫌いなものを言ったの。きっと三千子さんも同じだと思って……。好きなものだって、同じでなくちゃア厭よ。」

「ええ。」

と、言ったものの、三千子は少うし困った顔をしているところへ、食事の支度が運ばれて来た。

中央の大鉢に、笹の新葉で巻いた五目寿司、剖鳥《さきとり》と胡瓜《きゅうり》の酢のもの、白身のお刺身、パセリとアスパラガスを添えたガランデンビイフ(3)、ハムとセロリのポタアジュ――。

白いクロスを敷いた食卓の上へ、夏らしい色彩の献立が並んだ。

洋子は女中に、

「いいわ。お代りの時は呼ぶわ。あたしがお給仕するから、お櫃《ひつ》も置いといて。」

と言って、三千子と二人で箸《はし》を取った。三千子はお姉さまの御給仕だけでも、もう夢のような御馳走で、

「笹巻のいい匂い、おいしいわ。」

「これね、婆やの御自慢の季節料理なの。おかしいけれど、帰りにお母さまのお土産《みやげ》になさらない？」

「あら。」

三千子は嬉しそうに、声を立てた。

三千子を門まで送り出そうとしたものの、洋子は心残りのように、

「散歩がてら、山の手公園へ行ってみない？」

と、また一緒に家を出た。

美しい外人住宅地のなかの、品よく纏《まと》まった、小さな公園――仰々しい運動場や、みせびらかすような広場も花園もなく、山の手の坂につつましい公園。

公園の隅ずみは、青葉の茂りに囲まれ、その中にぽつりと水色の銀の眼のように、紫陽花《あじさい》が明るい。

藤はもうすっかり花房が散って、棚の下に長い豆を垂らしている。

「三千子さん、あなたさっき、汚いお部屋にいたら、馬鹿になりそうなこと言ったでしょう。」

と、洋子は白いベンチに腰かけて、藤の幹へ頰を寄せながら、

「あたし、そうなるのよ。」

「えっ？」

「藪から棒で、御免なさい。あたし、この頃ね、家の様子がすっかり分っちゃったの。――分ったら、急に気持も大人になったような気がするの。覚えてる？三千子さんと初めて一緒に帰った時ねエ、雨のなかで、あたし妙なこと言ったでしょう。」

まだ小さい三千子は、黙ってうなずくばかりだった。

「あたしのお母さまのこと、もうクラスの方に聞いて、知ってらっしゃるわね。お父さまの方にも、お母さまのお家にも、そんな血筋はないんだそうだけれど、お母さまはね、あたしを産むと間もなく、頭が悪くおなりになったの。もうあたし達の世界の人って言えないの。あたし顔も覚えていないわ。」

洋子の声はだんだん低くなった。

「今でも病院みたいなところにね、いつ出て来られるあてもなしに、暮してるのよ。あたし、学校を出たら、いっぺん、お母さまのところへ、連れてっていただ

く約束なの。顔を見たら、余計悲しいんじゃないかと思うけれど、でも、嬉しくって嬉しくって、卒業が待ち遠しいのよ。」

それはそうだろうと、三千子にもよく分かる。だけど、お姉さまが卒業してしまったら、三千子は来年からは、どんなに学校がつまらなくなってしまうだろう。三千子が卒業するまで、お姉さまも学校に残っていて下さればいいのに……。

三千子は思うだけでも寂しくって、

「いやよ、学校にいて下さらなくっちゃア。だってお姉さま、専修科[4]にいらっしゃるんじゃないの？」

「ええ、それがね……。」

と、洋子は港の海の遠くへ眼をやって、しばらく口籠ってから、

「お父さまは、なんにも仰しゃらないけれど、婆やがあたしのことを、とても可哀想がってね、あたしにも、教えてくれるの、家のいろんなこと。——あの牧場だって、欠損続きなんですって。——事務所の人達も、二派に別れてね、もっと大きい合資会社にしようと言う人と、今まで通りに小さいままでも、ほんとうにいい品を作って行きたいと言う人と、睨《にら》み合ってるのよ。それに悪い人も事務に

いて、お帳面をごまかしてるんですって。」

「そう?」

三千子はなんと言っていいか、ただ洋子の顔を見つめた。

「あの楽しい、お伽の国みたいな牧場にも、そんなことがあるの?」

「ええ。いっそ牧場守りになろうかと思って、あたしあの時言ったでしょう。あすこが好きだからというよりも、自分で牧場を、立派に経営してやろうかと考えてるの。」

やさしい洋子にも、そんな健気な心があるのかと、三千子はびっくりした。

「でも、あたしが卒業するまでに、牧場が人手に渡ってしまうかもしれない。」

「まあ、どうして?」

「牧場ばかりじゃないの。お父さまのなさってることが、この頃はなにもかも失敗で、家だってなくなりそうなんですって。婆やがね、お祖父さまの代からの家を離れるのは厭だって、とても泣いているのよ。」

「ほんとう?　お姉さま。」

三千子は眼の前に、どかんと真暗な穴があいたような気がした。

胸が顫えそうで、洋子の方へ擦り寄って行った。

「心配しなくっても、いいのよ。あたしはそう悲しんでないの。汚い部屋に住むようになったって、私は馬鹿になりやしない。もっと賢くなるつもり……。」

三千子は洋子に叱られているような気がした。ただ美しいものにばかりあこがれる、三千子のあどけなさは、弱い花のようなもの……。

洋子の顔色の悪いのも、そんな心配のせいだったと気がつくと、三千子は自分が恥しくなった。

「きれいなもの好きの三千子さんだから、あたしが飾りをみんななくして、裸になってしまっても、今までと同じに……。」

と、洋子が愁え顔に言うのを聞くと、三千子は怒ったように、頰を赤くして、

「まあ、お姉さま。あたしだって、そんなんじゃないわ。美しいお部屋や着物は、お金さえあれば買えるんですもの。お姉さまのような方には、なんでも綺麗なものが、ほんとうに似合うと思って、見てるだけなの。」

三千子は上手に言った。

しかしまだ、洋子を慰める力もないのを、もどかしそうに、

「お姉さまが、牧場もお家もなくしておしまいになったら、あたし、もっとお姉さまと近しくなれると思うわ。今はお姉さまが偉過ぎるんですもの。」

「ありがとう、三千子さん。」

洋子は三千子の手を取って、向うの蔓薔薇の柵の下のベンチで、西洋人の子供がアマと遊ぶのを、じっと眺めていた。

アマ⑤は日本人、無造作な束髪⑥で、帯を小さく低く結んでいるのも、働くひとらしく、きりりとして感じがいい。

洋子を見つけると、にこにこして挨拶をした。

「メリイちゃん、お散歩？」

と、洋子も微笑むと、金髪の女の子はうなずいて見せた。

開港当時に植えたという、ヒマラヤ杉の大樹が、幅の広い枝々を大波のように戦《そよ》がせて、涼しい日蔭を作っている。

「あの子、うちの近所の、アメリカ人なの。」

洋子に言われて、ふと三千子が振り向くと、子供はひとりで広場を駈けまわり、アマはベンチで本を読んでいる。

そのほかには、人の気配もなく、誰かの家の静かな庭に出ているような風景である。

「お姉さまが来年卒業なさっちゃったら、あたし学校が嫌いになるわ。」

と、三千子はまた言った。

「だって、一生こうしていられはしなくてよ。」

三千子は不服そうに、

「いようと思えばいられてよ。」

「そうねエ。あたしそう思いたいけれど……。」

と、洋子は眼を伏せた。その睫毛の影が、夏の日に寂しい。

鍵のかかったコオトの前を通って、下の町に下りると、山の手の異国風な豊かさとちがって、別の国へ来たような貧しい家ばかり――。

僅かの空地に、幾羽かの鶏を飼って、「産みたて卵あり」の木札をかかげた家や、「仕立ものいたします」の小さな貼紙。肌を出して、内職するらしい人も目につく。

三千子は心のなかの脆い夢が、急に崩れて、生きて行くということが、どんなことであるか、目が覚めた思いがする。

二人はこの谷を抜けて、また向うの坂道を上って行った。

洋子が三千子の耳もとへ強く言った。

「ねエ、どんなことがあっても負けないで、凛々しく伸びてゆきましょうね。」

三千子はこくりとうなずいた。

なにか知らない力が、体に新しく湧き上る。激しい感情が洋子から波打って来る。

4 銀色の校門

今日洋子に聞いた、一家の心配ごとは、小さい三千子の胸に入り切らなくて、洋子を慰めようにも、三千子の力に余った。

母に話して、母と一緒に、洋子を力づけることは出来ないものだろうか。

お風呂もすみ、寝る前の静かなひとときに、三千子は居間へ入って行った。

母はラジオを聞きながら、藍の匂いのぷんぷんする浴衣《ゆかた》を裁っていたが、

「おや、もうお浚《さら》いはすんだの？」

「え、八木さんとこで、英語を見ていただいちゃったし、楽だったの。」

母は晒《さらし》の反《たん》をほぐして、「肩当て」、「敷当て」、なぞと、口の中でひとりごと言いながら、鋏《はさみ》を入れている。

「ねえ、お母さま、あたしの浴衣、一番先きに縫ってね。」

「そうそう、この間、芝の伯母さまからいただいた、竺仙《ちくせん》(1)の浴衣ね、あれはまだ

お前に地味だし、第一勿体《もったい》ないような――。」

「ひどいわ、お母さま、どうしてエ？」

「まだお河童のそんな恰好で、本藍染のつんつんする浴衣を着ても、それほど引き立たないし、やっぱり紅入りの紅梅織《こうばいおり》かなんかの方が、似合うんじゃないかしら。――竺仙の浴衣は凝り過ぎててねエ。」

「じゃ、いつになったら着られるの？」

と、三千子は頰をふくらませた。

母は見積りのすんだ一反一反を畳んで、針箱の脇に重ねながら、

「八木さんて方には、三千子が始終お世話になるようだし、その方はもう五年生だって？　――ちょうどよかないかと思うの、上品な柄だしねエ。」

「あら、お母さま。」

と、三千子は両手を拡げて、飛びついた。

母が惜んで着せてくれないものとばかり考えていたのに、お姉さまに上げようとは……。

「感心だわ、お母さま。」

「三千子は八木さんのこととなると、直ぐ夢中ね。」

「ううん。」

と、三千子は自分の大仰な喜び方が、少しきまり悪くて、

「あの方なら、どんないい着物だって、うつるわ。」

「浴衣なんか、差上げるのは失礼だけれど、こちらには竺仙みたいな店はないし、東京でも、お洒落な人達の間に聞えてる店だからね、お気に入っていただければいいけれども。」

そう言いながら、母は戸棚から、竹の絵のある包紙を出すと、改めてひろげてみた。

伯母さまからいただいた時も、三千子はたいして気にとめなかったのに、いざお姉さまに着て貰うとなると、柄が心配になる。

いかにもいい藍の染めらしい紺地に、くっきりと浮く撫子の、風に乱れ咲く総模様の、見るからに、涼しい乙女の清らかさ。

母の愛を身に覚えぬ洋子が、この三千子の母の心づかいを知ったら、どんなに喜ぶだろう。

もう三千子は胸が高鳴るようで、

「ね、お母さま、洋子さんてね、お家は昔からのお大尽《だいじん》らしいけど、不仕合せな方なのよ。」

母はそろそろ仕立物を片づけかかっていたが、聞き咎《とが》めるような身振りで、

「学校もよくお出来なさるというのに？」

「お母さま、止めてもいい？」

と、三千子は母の答えも待たずに、ラジオのスイッチを切ったので、急に遠くの犬の声が聞える静かさ——。

「八木さんね、お母さまがないのよ。」

母はびっくりした眼で、三千子を見て、

「お幾つの時？」

「お母さまの顔も覚えてないって言うから、きっと赤ん坊の時ね。」

「まあ、お可哀想《かわいそう》に。」

と、母はしんみりして、

「片親がないというのは、ほんとうに不仕合せなことなのに、そんな小さい時か

らじゃ、尚更ね。外のどんな仕合せを持って来ても、埋め合せのつくものでない。」

「それがね、お母さま。」

三千子は不気味な秘密を打ち明けるように、

「精神病で、まだどこかに生きてらっしゃるんですって。」

母はどきっとして、眼の中で微かにうなずいて見せた。

「今度ね、家へも一度お呼びしたらどう？」

三千子は首を振って、

「だって、家には兄さまが三人もあると、お話したら、きまり悪がって、いくらお誘いしても、お約束して下さらないのよ。」

「内気な方らしいね。そういうところを、三千子も少し似させてお貰いなさいよ。」

と、母は三千子に笑わせるように言った。

しかし、三千子は真面目な顔で、

「お姉さまに似るのなら、どんなに似たっていいわ。」

「しかしね、八木さんの悲しいお話は、なるべくしないようにして、仲よくなさいよ。」

「ええ、黙って慰めるのね。」

「そう。」

「お母さまも慰めてあげて頂戴、お願い……。」

と、三千子は声が曇ってしまった。

けれど、もし不幸というものが、人間を鍛えて立派にするものならば、さっき別れる時の洋子の凜々《りり》しい言葉こそ、幸福ばかりに包まれた者には、得られぬ輝きであろう。

そのように美しく光る洋子の傍にいたら、自分の体まで光って来はしないかと、三千子は思った。

母もお姉さまの力になってくれそうで、嬉しい。

学校に近い坂の中途で、

「八木さん、八木さん。」

と、呼ばれて振り返ると、同じクラスの山田道子《やまだみちこ》だった。

「お早う。おひとり？　お妹さんは？」

「昭子はせっかちなのよ。少し私の支度が後れると、どんどん先きに出かけちゃうのよ。」

不断はそう親しい間柄でもないけれど、妹の昭子が一年生で、三千子と同じクラスだったから、この山田姉妹は、始終洋子と三千子の噂をし合い、二人に好意を持っている。

でも、洋子はクラスきっての才媛なので、成績もビリに近い、お人好しの道子は、なんとなく親しんで行きにくかった。それに、わざとらしく洋子に近づいてゆくのも、お世辞でも使っているように見られやしないかと、気がさす。

しかし、話しかけてみると、洋子は少しも気取ってなんかいないので、道子は肩を並べて歩きながら、

「今日は英作文もあるし、マダムの会話もあるし、あたし苦手よ。」

「時間割を揃える時、いやになっちゃうような日もあるわね。」

「あら。洋子さんでさえそうなら、あたしなんか、毎日だわ。」

と、朗らかに笑って、道子は溜息をついて見せた。

「ああ、早く、試験のない、宿題のない、のんびりした身分になりたいわ。これであたし、お洗濯やお炊事は、割と好きなのよ。」

正直な道子の言い方に、洋子もつい誘いこまれて、

「ほんとね、楽しんで習うことだったらいいけれど、来る日も来る日も、どれだけ覚えたかって、先生に試していただくために勉強してるみたいなの、いやアね。」

自分だって、勉強なんかあんまり好きではないくせに、ただクラスの首席を人に譲りたくない勝気から、精出しているのじゃないかしら？

ふと、そんな思いが浮ぶと、洋子は冷《ひや》っとして、

「いけないわ。家のこと心配するから、悪い考えが起きるのだわ。」

と、心の雲を払うように、眼を上げた。

銀色の校門が見える。

小砂利の上に、レエスの手巾《ハンカチ》が白い蝶のように落ちていた。

「どなたかしら？」

と、洋子が拾ってみると、細い縁取りのまんなかに、青い色で「克子」と、はっきり縫い取ってある。

はっとして、洋子は畳んでしまった。

普通なら、KとかSとか、頭文字《イニシャル》を入れるのに、「克子」とかっきり名前を縫ってあるのも、いかにも理智的な克子らしい。

「だあれ？」

と、道子は洋子の手から手巾《ハンカチ》を取って、

「あら、克子さんのね？　あんなしっかりしてらっしゃる方でも、落しものなさるのね。」

洋子は玄関で、道子より先きに上靴と履き替えて、廊下へ出て行くと、四年生の一かたまりが、なにやら捜している様子、見ると克子のグルウプなので、洋子はなにげなく、

「手巾《ハンカチ》じゃないんですの？　門のところに落ちてましたわ。」

「あら、落ちてたら、どうして拾って下さらないの？」

と、克子が一足踏み出して来た。

「拾ったんですけれど……。」

「そう、ありがと。頂戴。」

克子はにこりともせずに、真直ぐに手を突き出したが、

「あら？　あたしのだと分って、拾ったものを、またお捨てになったんでしょ？

ひどい方ね。」

洋子は流石《さすが》に頰を赤らめて、唇を顫わしているところへ、ぱたぱた道子が駈け寄って来て、

「克子さんの落しもの。」

克子は腹立ち紛れに、手巾《ハンカチ》をひったくった。

洋子は後も見ずに、教室の階段を上って行った。

なんだか今日は、朝からひどく侘しい気持なのに、克子の邪慳《じゃけん》な仕打ちで、尚悲しくなった。

どうして、いつまでも、克子は心を柔げてくれないのだろう。まるで、洋子の弱身《よわみ》か落度ばかり、覘《ねら》っているかのように……。

教科書を机のなかにしまうと、洋子は心のなかで、小さなお祈りをした。

そして眼をあいて、朝日の透き通るような運動場を見ると、生徒たちの晴れやかな姿と声に満ちている。

洋子もオレンジ色のフランス語の読本を持って、一人出て行った。

一年生の群が輪をつくって、覚えたばかりの外国語の唱歌を唄っている。

洋子は急にあどけなく明るむ心で、その歌声の方へ近づいて行く。

糸杉の木を囲んだ、少女の輪の真中に、眼をつぶって立っているのは、三千子――。

時々、薄目をあけて、微笑む。

とうとう笑い出してしまって、みんなと一緒に歌を唄いながら、ひとり真中で、柱のように円を描く。

「ああ、五月の柱《メイ・ポオル》の真似をしているのだわ。」

洋子は思い当った。

五月祭りと言って、西洋の国では、花々の咲き匂う若葉の下で、美しい少女を女王さまに選び、美しい花の柱を立て、そのまわりを、少女たちが歌いながら廻る、習わしがある。

この港の居留地の国際学校でも、毎年校内の芝生で、幼い異国の子たちが、故国の祭りをする。

一年生の楽しげに遊んでいるのは、このお祭りの真似。輝かしい朝日のなかで……。

「あたしの女王の三千子さん。」

と、洋子は心にささやいて、一年の子たちが、三千子を女王に選んでくれたことは、自分が学校中の女王になったよりも、嬉しかった。

克子のきつい顔も忘れてしまって、その少女達の歌声のように、心が清まった。

少女の輪を見ていると、

「おこしてよ。おこしてよ。」という、「薔薇は生きている」のなかの言葉が浮んで来る。

そうよ。病気から起き上るばかりじゃない。

家の不幸からも、仲間達の意地悪からも、しゃんと起き上らねばならない。

そう思うと、どんな不仕合せが来ても堪えられそうで、心が熱くなって、

「三千子さん。」

と、洋子は小さい女王を呼んだ。

5
高原

岩根踏み岨のかげ道踏みわぶと　人には告げよ峰の白雲　細川幽斎
もみぢ葉の碓氷の御坂越ししより　なほ深からむ山路をぞ思ふ　塙保己一

こういう歌を昔の旅人は詠んだのだと、伯母は教えてくれた。

そのように難儀な山越えだった碓氷峠《うすい》も、三千子には、汽車ののろいのがじれったいばかり——。

アブト式(1)の線路を登って、小さいトンネルを二十六くぐるのも、今はもう珍らしくない。

「まあ、すごい。」

荒い岩を削り立てたような妙義の山は、さすがに三千子も、ちょっとこわかった。

折からの夕暮で、ギザギザの険しい山波が、黒々と迫ってくる。

そして、いつの間にか、乳色につつまれてしまったと思うと、それは高原の霧。

プラット・フォウムには、外人も大勢出迎えていて、港で育ち、基督教女学校《ミッション・スクウル》の生徒の三千子にも珍らしい。

一目で牧師と分る人もいる。

「学校の先生方もいらっしゃるわ、きっと。」

と、三千子は呟いて、ひとりでなんとなく、顔を赤くした。

「いろんな知った方に、お会いするわね。」

「ええ。だけど、支那や、フィリッピンや印度《インド》や、南洋や、そんな遠くの西洋人も来ているんですよ。」

と伯母は三千子に説明して、

「外人がなんでも二千人ばかり……三十六ケ国の人が集ってるって、新聞に出たけれど、三千子さん、世界の国の名を三十六言えます？」

「三十六ウ？」

三千子は目を円くした。そして、真面目な顔で、イギリス、フランス――と数え出したけれど、三十六は大変だった。

「そんなに国がありますの？　三十六なんて、伯母さまのお年じゃありませんの？」

「いやだわ。伯母さまをずいぶん若く見てくれるのね。」

伯母さまは笑い出してしまった。

両側が落葉松の林らしい道を、真直ぐに走っていた車は、急に明るい街へ出た。流れてゆく霧のなかに浮ぶ、花やかな色の店々。——三千子は魔法の町に連れて来られたような気がした。

「あら、伯母さま、弁天通りの店がいっぱい来てるわ。」

「ええ。横浜や神戸の店がたくさん来ていますよ。三千子さんに、さぞねだられるでしょうね。婦人服屋が一等多いの。」

車は町を上りきると、木立にかこまれた別荘地に入った。

「暗いのね。」

「この辺は水車の道っていうの。よく見てごらんなさい、山の方まで、別荘がたくさんあるのよ。」

「ええ、霧のなかに、山小舎みたいね。」

三千子はどの道も、どの家も、みんな物語めいて見えて、

「いいわ、明日っから、あたしも歩きまわってみるの。」

「ええ。でも、ここのお嬢さん方は、皆さん自転車に乗ってらっしゃいますよ。道がそういう風に出来てるの。」

門なんて、改まったものはない。雑木林がどこからともなく、伯母の別荘の庭になっていて、丸木柱のヴェランダには、支那風の提灯《ちょうちん》がさがっていた。籐椅子《とうい す》が霧のなかに置き棄てられて――。

見えないけれど、お隣りの家から聞える子供の歌も、甘ったるい外国語なのが、三千子を嬉しがらせた。

「お隣りはドイツ人ですの、伯母さま？」

「あら、三千子さんはドイツ語も習ってるの？」

さすがはミッションの生徒だという風に、伯母が感心したので、三千子はてれくさくて、

「ううん、だって、英語でもないし、フランス語でもないようだし、だから、ド

イツ語かと思ったの。」

「三千子さんには、かなわないわね。」

東京の土産物で、簡単な夕食をすますと、三千子はじっとしていられないで、伯母を急き立てた。

爺やが門口で、小田原提灯(2)を渡してくれるのも、いかにも山の生活らしい。新しく張り替えた油紙には、西洋人好みに、赤い桜の花が散らしてあって、懐中電灯よりハイカラなのかもしれないけれど、

「提灯なんて、あたし生れて初めて。」

と、三千子は目の高さに持ち上げてると、伯母に叱られた。

「だめよ、三千子さん。提灯はお顔を見るお道具じゃないの。足もとを照すものよ。」

「おしゃれに持って歩くのかと思ったの。」

「まさか。三千子さんたら、なんでも面白がって、弥次喜多みたいね。そう言えば、弥次喜多さんも、昔ここを通ったかもしれませんよ。あの賑かな本町通《メイン・ストリイト》ね、旧道っていうのよ。参勤交代のお大名がお駕籠《かご》に乗って通った道ですよ。中仙道

なの。」

その本町通《メイン・ストリイト》へ出る角の店で、もう三千子は、とりこになってしまった。

「あらあら、可愛いシャッポッ——。」

と、真先に目についたのは、麦藁《むぎわら》で編んだ、陣笠型の帽子。

「外人の御婦人方に、大流行でございますよ。」

と、店のおばさんは如才なく言う。

「軽井沢のほかには、まだどこでも売っておりません。支那の苦力《クリイ》(3)型です。」

かぶってみると、麦藁が赤や青のきつい色に塗ってあって、花の冠のように可愛い。

色白の異人娘がかぶったら、引き立つだろう。

「伯母さま、この帽子ね、電灯の傘にならないかしら。」

「そうね、いい思いつきだわ。うちのヴェランダに、早速やってみましょうか。」

洋子姉さまは、こんなお転婆な真似はなさらないと思ったけれど、三千子は洋子の分も入れて、三つ買って貰った。

この店は、信州の民芸品や郷土人形も、お土産に売っている。

ラッキイ・ポスト——白樺の筒のなかに、手紙を入れて出すもの。

睦人形《むつみ》——白樺の台に、小さいおけし坊主が二人、なかよく坐っている。

伝書鳩——やっぱり白樺の鳩が翼を広げて、足のところには、ちゃんと銀色の通信筒。

おもちゃのようだけれど、荷札がついていて、四銭切手を貼ると、手紙になる。

港の洋子の家のポストに、この白樺の人形が三千子の便りを、ぶら下げて入っていたら……。

「お姉さまは、きっと面白がって下さるわ。」

もうその手紙の文句まで胸に浮んで来て、三千子は楽しい。

「お買物はゆっくりなさいな。まだ、ずっとこちらにいるんですもの。」

と、伯母に云われて、三千子はやっと店を出た。

「まあ、銀座みたい。」

避暑地だというのに、軽やかな洋装か、日本着物の盛装で散歩している。軽井沢に初めての三千子には、不思議な町だった。

外人が港よりも多い。

毛糸のような髪を南京編《なんきん》みにして、木靴をはいた少女を、三千子はしばらく見送っていたが、急に気がついたように、

「あら、霧は？　伯母さま、霧はどこへ行ったんですの？」

「霧がどこへ行ったって？　そんなこと私に聞いたって……。」

星が閃《ひら》めいている、清涼な高原の夜。

さっきの霧は、嘘のように晴れてしまって、花やかな町。

本町通《メイン・ストリイト》を、もの珍らしそうに歩いていた三千子は、どきんと立ち止った。

明るい装いの一団のなかから、

「まあ、大河原さん。」

と、三千子の姓を呼んで、うれしそうに近づいて来たのは四年B組の克子……。

薄緑の麻の服の上にブルウのジャケツを着ている姿も、毎夏軽井沢へ来る人らしく、土地に合った、おしゃれである。

「いつからいらしてたの？」

と、克子はさも親しげに手を取った。

入学早々、あの菫の手紙を貰ってからというもの、三千子は克子との間にこだ

わりが出来て、学校では、顔を合せるのもなんだか具合悪く、それどころか、お姉さまに意地悪するひととして、憎らしいのに、思いがけないところで、いきなりなれなれしくされると、三千子はまごついてしまったけれど、

「まだ、今来たばかりなの。伯母さまのところにいますのよ。」

「そう？　あのね、明日お訪ねしてよ。」

と、克子は念を押すように、掌の力を強めて振った。

三千子は相手に釣り込まれて、うなずいてしまった。

旅先の気持のせいか、同じ学校のひとに会ったことは、三千子もなんとなくうれしかった。

伯母も克子に軽く挨拶を返して、

「お待ちしてますから、どうぞ。水車の道の奥の曲り角に、ヤアンというお家がありますわ、その直ぐ奥ですの。」

そして、振り返りながら、三千子に言った。

「早速いいお友達が出来たじゃないの。なかなか綺麗なお嬢さんね。」

克子はもう町にすっかり慣れた様子で、五六人美しいひと達と賑かに話しなが

ら行く。見送っていると、三千子も羨ましかった。克子がたのもしく思われて、自分も仲間に入れて貰いたいような……。


次の朝は爽かに晴れて、浅間もよく見えると、爺やが言う。

「昨夜は煙が真赤でしたが、お嬢さま御覧になりましたか。」

「いいえ。」

三千子は、早速西洋人の真似をして、自然の林のままの庭に、籐椅子と小さい卓《テエブル》を持ち出して貰うと、そこで英語の勉強をはじめた。

楢《なら》や朴《ほう》や楡《にれ》の葉は、透き通るように青く、鬼歯朶《おにしだ》に美しい日光がこぼれ落ちて、三千子はじっとしていられない。

「ああ、朝の森を歩き廻りたいわ。」

勝手をよく知った克子さんが、早く誘いに来てくれればいいのに……。

常日頃は心の外にあったひとも、なぜか妙に待ち遠しい。

「まあ！」

三千子は自分のそんな心に、びっくりした。

「お姉さま、洋子姉さま。」

と、小声で呼びながら、いそいで部屋に駈け戻ると、「睦人形」を持って来た。


お姉さま、お元気？　ここは美しい町で、三千子は好きになりました。お姉さまと御一緒に散歩したい道が、林のなかに真直ぐ続いています。

なんだか、町のお店には、ほしいものが沢山ありそうで、伯母さまにねだって、いろんなお土産を持ってゆきます。

明日は日曜で、カトリック教会の弥撒《ミサ》に行ってみます。日本人が主なのと、西洋人が多いのと、二度あるのですって。西洋人の方がお寝坊で、十時ですの。三千子はお寝坊じゃないけれど、西洋人の方のに行きますわ。お姉さまのことをお祈りしても、まわりの異人さんに分らないから、恥しくないし、ロマンチックでいいの。いかめしい懺悔《ざんげ》室もあるんですって。木の穴に首を入れて……。


ここまで三千子が書いたとき、自転車のベルがリリリインと聞えて、

「あら、御勉強？」

と、もう卓《テエブル》の傍に克子が立っていた。

ピンクの木綿のブラウスに、短《シヨオト》パンツ——男の子のように凜々しい、スポオツ姿。

三千子は不意を打たれて、紙を裏返しながら、赤くなった。

お姉さまに手紙を書いているところは、誰に見られても、ひどく恥しい。だけど、お人形は隠せない。

「ああ、睦人形ね、どなたに？」

克子は激しいけれども美しい眼で、三千子の瞳を真直ぐに見入りながら、

「わかったわ。三千子さんのお手紙なら、八木さんにきまってるわね、そうでしよ？」

その言葉は強くて、三千子は返事のしようもなかった。

克子は三千子の背に手をかけて、覗き込むと、

「ね、こんな旅先からの手紙は、うんと面白く書いた方がいいのよ。あたしにも、寄書をさせて下さらない？　ほんの一言でもいいの。旅らしくて、賑かでいいじ

ゃないの?」

三千子は胸騒ぎがしたけれども、気軽くそう言う克子を、まともにはねつける勇気はなかった。

いくら旅先の慰みにしたって、これまでの洋子と克子と三千子の三人の間を思うと、寄書をするなぞ、とんでもないと知ってはいても、相手に強く出られると、三千子は気押されて、咄嗟《とっさ》に自分を通すことが出来ない。

「ねえ、いいでしょう。」

と、克子におっかぶせられて、三千子は頼りなくうなずいてしまった。

「ありがとう。あたしの無理を聞いて下さって、感謝するわ。これからも、ずっと仲よしになってね。お約束したわ。」

この機会を逃すまいと、克子は心弱い三千子を、尚も攻め寄せて来る。

間近に見ると、克子は眩しいほど健康で、いかにも高原の少女らしい美しさ。――紫外線の強い日光に、帽子もかぶらず、首も腿も、栗《くり》色に焼けて、光っている。

それが妖しい魔薬の匂いのような力がある。三千子は下うつ向いてしまって、

克子を長く見ていられない。

このひとの傍にいたら、自分というものが消えてなくなってしまいそう……。

「なんて書こうかしら。簡単にしましょうね。どうせ私の文句なんか、附録ですもの、つまんないわ。」

と言いながら、克子はもう三千子の書きかけを眺めていたが、

「……お姉さまのことをお祈りしても、まわりの異人さんに分らないから、恥しくないし、ロマンチックでいいの。……まア、羨ましいわ。」

「いやア、読んじゃァ。」

三千子は耳まで赤くなった。

「ううん、冷かしてるんじゃないのよ。……いかめしい懺悔室もあるんですって。木の穴に首を入れて……。この下へ署名《サイン》なさってよ、その後、私続けさせていただくから。」

せっかく素直に書きかけた文章の下へ、三千子は青ざめた心で、今は少し顫える字を、「三千子より」と小さく書いた。そして克子に渡した。

「木の穴へ首を入れて?……これで、懺悔室だって分るかしら。」

と、克子はちょっと考えていたが、無造作に続けた。

（木の穴へ首を入れて……三千子より）罪を、懺悔するんですけれど、でも三千子さんは、なんにも悪いことしてないから、神さまにお詫びすることもないんですって。

ここで思いがけなく、私はあなたの三千子さんと御一緒にいることになりました。お怒りにならないでね。

私の家のあるところは、北幸の谷、Happy Valley North《ハッピイ・ヴァレイ・ノオス》と呼ばれています。

ほんとうに、三千子さんに会えて、幸がありましたわ。

克子

「どう？」

と、ちょっと見せただけで、克子は三千子の顔色など頓着なく、睦人形をポケットへ入れてしまった。

「帰りに、郵便局から出しとくわね。」

そこへ伯母がレモン・スカッシを運んで来た。

わざわざ自分で持って来てくれるなんて、昨夜会った克子が、気に入っている証拠にちがいない。その上克子は、今もはきはきと挨拶をして、いっぺんに伯母の信用を得てしまったらしい。

「ほんとうに、三千子も大喜びでございますわ。あなたのような方と御一緒でしたら、安心して三千子も出してやれます。」

と、伯母はにこにこしている。

「あら。私お転婆ですから、後で三千子さんをお叱りになるようなことばかり教えそうで、心配ですわ。」

「いいえ。どうぞ、少し引っぱってやって下さいましな。三千子は羞かみやさんで困りますの。軽井沢の活発なお嬢さんを、見習うといいんですのよ。」

二人の会話を聞きながら、三千子は心のなかで、

「洋子姉さま、ごめんなさい。」

と、幾度も幾度も、おまじないのように繰り返していた。

「三千子は悪いことしてるから、神さまにも、お姉さまにも、お詫びすることが

あるんですの。克子さんに会ったって、お姉さまがいらっしゃらなくちゃア、三千子はちっとも幸せじゃアないわ。克子さんの手紙、嘘、嘘、嘘！」

　しかし、その午後、改めて迎えに来た克子と二人で、三千子は町へ出て行った。三千子の服は水色のオックスフォウド[4]。白い胴着を手に持って、リボンの長い麦藁帽子。

　克子は紺無地のピケ[5]に、手縫いで白い線を現した、流行の型。

「ゴルフ場の方へ行ってみない？　いい道があるのよ。」

　落葉松《からまつ》のなかの真直ぐな道を、騎馬の外人が通る。

　少女も少年も、たいてい自転車に乗っている。

「明日っから自転車の練習しない？　教えてあげるから？」

「ええ。」

「乗れるようになったら、二人で、少し遠乗りしましょうね。ここの道、どうしても自転車に乗るように出来てるんですもの。」

「ええ。」

KATSUKO.

「あたしの家は、ここと反対の山の方よ。隣近所はみんな西洋人のなかに、ぽつんとあるの。明日お茶にお呼びするわね。来て下さるでしょう？」

なにを言われても、三千子はうなずくばかりだった。

なんだか、遠い楽しさに取りかこまれているような気がする。

夏らしい強い色の服が、青葉にくっきりして、腕を組んで行く外人があったり、映画のように綺麗な風景。

右にゴルフ場の芝生が見える手前から、山路のような坂を下りると、泉に清水が湧いている。

「ここね、お水端《みずばた》っていうの。明治天皇の御巡幸の時に、この水を差しあげたから、御膳水《ごぜんすい》なのよ。碓氷峠の直ぐ下にも、御膳水があってよ。」

「冷たそうな水、飲みたいわ。」

この泉から、お水端の小川が流れ出している。

流れに沿うて、小路がある。ゴルフ場までの、真直ぐな広い道の明るさとは、まるで趣きがちがって、こんもりとした木々の蔭の静かな小路。

透き通るような流れには、クレンソンが青々と野生して、このままサラダにしたら、おいしくて、歯切れがよさそう。

木の根の苔も美しく、歯朶《しだ》も茂っている。小鳥の声がして見上げると、葉がかすかに揺れている。

「いい路《みち》ねエ。」

と、三千子は声を出すのさえ、惜しいような気がした。

人に行き逢わないし、木洩れの日の光のなかに、サクサクと足の草に触れる音が、ひそかな囁きのよう……。

「いい路ねエ。」

「いい路でしょう。仲よしと静かに歩くのに、一等いい路なの。――三千子さんと、こうして、この路歩くなんて、思いがけなかったわ。夢じゃないかしら。」

と、克子は栗の木の下に腰をおろして、青い毬《いが》をうっとり見上げながら、

「ね、学校が始まっても、この小路のこと、お忘れになっちゃア、いやよ。――でも三千子さんは、とうとうあたしの菫の手紙に、お返事下さらなかったのね。」

「ごめんなさい。」

三千子はうなだれたまま、つぶやいた。

遠く離れている、洋子の匂い高い面影と、深い愛情とが、三千子の胸に迫って来る。

ここにこうしていてはいけないと思う。

克子はひとり楽しげに、口笛吹いていたが、ふと低い声で、言いにくそうに、

「八木さんは、どこへもお出かけにならないの？」

「ええ、この夏はお家らしいの。でも、八木さんとこの牧場、とてもいいのよ。そこへいらっしゃれば、よそへ行くことないわ。」

「そうオ？　お気の毒だわね。」

「どうして？」

思わず三千子は聞きとがめた。あたしのお姉さまを、むやみに気の毒がったりしないで頂戴という気持で……。

しかし、克子は落ちついて、

「お気悪くなさっては厭《いや》よ。八木さんのお家の方に、いろいろ事情のあるようなこと伺ったのよ。避暑どころじゃないんじゃないかしら。」

どうして克子が、そんなことを知っているのか。お姉さまがあたしにだけ、打

ちあけてくれた秘密なのにと、三千子は不思議だった。

「いないひとのお話するのは、止しましょうね。つまらなくなってしまうわ。」

と、三千子は裾の草を払って立ち上った。

「あたし、もうくたびれたから、帰りたいの。」

克子はびっくりして、眉をぴくっとさせたけれど、思い直した様におとなしく詫びた。

「あら、ごめんなさい。悪口言ったんじゃなくってよ。お姉さまのこと思い出したのね。私にもわかってよ、三千子さんの気持。だけど、伯母さまも、ああ云って下さるのですもの、軽井沢にいるうちだけは、私もお仲間にしてよ。伯母さまが仰しゃる通りよ。三千子さんのように可愛いひとが、しおれたりなさっては、不似合よ。」

克子は青葉の輝きのなかで、花のように笑っている。スポオツできりりとした姿は、まばゆく派手だ。

その強いものに、三千子はふらふらと引き寄せられるような気がする。

お水端を出ると雲場の池、ニュウ・グランド・ホテルの芝生を背景に、ボオトが浮んでいる。

少し横に入るとプウル——林と芝生のなかの水に、異国の少女と日本の令嬢とが、入りまじって、嬉々と戯れて居る。

見ているうちに、三千子の愁えも晴れて、克子の領分の軽井沢の空気に、つい引きこまれてゆく。

洋子から手紙が着いた。

三千子は心がとがめて、封を切る指先も、少し顫える。

おたよりありがとう。お楽しい日々のようで、私もうれしい。克子さんとお逢いになったそうね。お友だちのいらっしゃる方が、寂しくなくていいわ。仲よくしておあげなさい。私に言うようなわがままを、克子さまになさってはいけませんよ。それから、伯母さまにあまりおねだりなさらないで、もし私へのお土産なら、高原の花を押花にして頂戴。私は元気、悲しいことは何も考えません。

運命が私をつれてってくれるところへ、ついて行きます。決して御心配なくね。

またおたより頂戴。

洋子

三千子さま

「ちがうわ、ちがうわ、ちがうわ。いつものお姉さまの手紙とは、ちがうわ。」

と、三千子は思わず声を立てながら、もう涙ぐみそうだった。

「私の妹へ」という宛名でなく、他人行儀に「三千子さま」としてあるのが、さみしいけれど、よく読んでみると、うらみがましい言葉もなく、克子との交わりを認めてくれたのは、洋子のいかにも綺麗な、大きい愛情を、今更知らされたようで、三千子は胸いっぱいになった。

直ぐ返事を書いた。しかし、お水端を歩いたことは隠しておいて、克子とはあまり仲よくしていないような文句になった。

お姉さまに、初めての嘘。

三千子は自分が濁ってゆくような悲しみで、しきりと書き損じをした。

伯母はヴェランダで、静かに編みものに余念がない。

「伯母さま、ちょっと郵便出して来ます。」

と、帽子を持って外へ出ると、聖ルカ病院の前で、克子に会った。

「あら、どこへいらっしゃるの？　自転車を教えてあげようと思って、今お迎えに行くところ。」

三千子はあわてて、手紙をポケットに隠した。

そこは、萱葺《かやぶき》の古いお寺の境内で、枝垂桜《しだれざくら》の大木が枝を拡げ、自転車の稽古にいい庭。

西洋の子供や、日本の奥さんまで、六七人も乗り廻しているが、みんな習いたてで、あちこちで転がる度に、キャアキャアという騒ぎ。

「さあ、持ってあげるから、乗ってごらんなさい。さあ、足を動かして。こわがらないでなさいよ。手に力入れないでよ。」

と、克子が自転車を支えながら、梶を取ってくれる。

三千子はとても高いところへ乗ったような気持で、こわごわペダルを踏んだ。

直ぐ横倒しになってしまうけれど、転んだり起きたりしているうちに、だんだん面白くなって、あべこべに三千子の方から、もっともっとと、催促するようになってしまった。

「もっと広いところへ出ましょうよ。もう道を走れてよ。」

と、克子に言われると、三千子も調子づいて、ゴルフ場の道へ出て、右や左の垣へ突っかかりながら、夢中になって、ポケットからなにか落ちたのも気がつかなかった。

「三千子さんの落しもの。」

と、克子に渡されたのは、今書いたばかりの手紙。それも、路端の泥にまみれて……。

三千子はさっと頬を染めて、いっぺんに眼がさめた気持だった。

お姉さまのことを忘れてしまって、こんなにはしゃいでいる自分が、悪い魔法使いのお婆さんのように憎らしい。

克子は口もとに、勝ち誇ったような笑いを浮べて、小さい三千子をじっと見ている。

その時、いきなり天地が紫色にパッと光ると、裂けるような凄まじい響き。

三千子が青ざめて、思わず克子に縋《すが》りつく間もなく、もう大粒の雨が肩を打つ。

「雷雨よ。軽井沢名物よ。早く自転車のうしろへお乗んなさい。」

と、克子は三千子をうしろに跨《また》がらせ、颯爽と雨のなかを走り出した。

三千子は稲妻のはためく度に、身を竦《すく》めて、克子の肩に抱きつくと、烈しい雷雨のなかでもこんなに強い克子が、頼もしくて、心までこの人に寄りかかりそう……。

だけどまた、

「お姉さまア。」

と、港まで届くように叫びたくて、静かな湖みたいに凜とした、洋子の姿も心いっぱいにひろがって……。

6

秋風

牧師さまの大きい靴、ほんとうに、なんてまア大きい靴……。

三千子はびっくりして、クスリと笑いそうなのを、やっとこらえた。

牧師はあんまり背が高くて、その前に立った三千子は、まるで黒いものが頭の上からかぶさって来そうなので、思わず下を向くと、その大きい靴が目についた。

「大変早いですね。よい朝ですね。」

と、フランス人の牧師はゆっくり日本語で言った。こんな大きい体から、どうしてこんなやさしい声が出るかと、不思議なくらい。

——三千子がカトリックの教会の前まで来ると、牧師さまが、庭のクロオバアのなかに、立っていらした。

あの懺悔室のある教会、三千子が軽井沢に来た翌る朝、洋子への手紙に、「カトリックの教会の弥撒《ミサ》に行ってみます。」と書いた、その教会である。

御弥撒《ミサ》の時は、三千子はうしろの方に、ちっちゃくなって、西洋人の影に隠れて、跪《ひざま》ずいていたから、多分、牧師さまは見覚えていらっしゃらないだろうけれど、チリンチリンと自転車の鈴を鳴らした途端に、牧師さまが振り向いたので、三千子はお辞儀をした。

牧師はクロオバアを踏んで、こちらへ近づいて来た。

三千子は自転車を下りた。

そうして、牧師の大きい靴を見たのだった。

「なんてまア、不恰好な靴でしょう。」

と、三千子は吹き出しそうなんだけれど、じっとみていると、もう可笑しくない。

その黒い靴が、飾りのない牧師さまの、大きい心のしるしのように、なつかしくなって来た。神さまの慈悲の入った、丈夫な袋のように……。

あまり上等でないんだろう。厚い、硬そうな革——朝の露に濡れている。

三千子は素直に、牧師さまが好きになった。

「もう少し前は、大変綺麗でした。今朝、噴火しました。」

と、牧師は空を指さして、

「あの、少し赤い雲のようなのは、煙です。夜明けには、もっと赤い色でした。」

「あら。牧師さま、噴火を御覧になってましたの。」

「そうです。ほんとうに荘厳でした。」

三千子は、フランス人が「荘厳」なんて、むずかしい漢語をつかったので、ちょっと不思議だった。

そして、牧師といっしょに、浅間山を見上げた。

「まア、こわい！」

と、三千子は怯える眼で、

「あれが煙？　煙ですの？」

牧師は微笑んだ。

「こわがっては、いけませんね。日本の人、火山を恐れません。強いです。」

そうだった、日本は火山の国。三千子は、映画の「新しき土(1)」を思い出した。

あの映画の火山も、浅間だった。

煙は渦巻く雲のように、モクモクと天に聳《そび》え立っている。

ほんとうに荘厳だ。神の大きい怒りのようだ。

三千子はじっと見とれながら、

「何時頃、噴火したんですの？」

「小鳥が目を覚す時分です。——皆さん、まだ寝ていました。音が聞こえました。」

小鳥が目を覚ます時分、——牧師さまは、うまいことを言うと、三千子はまた感心した。

軽井沢まで、灰が降って来るという程ではないけれど、この夏では、大きい噴火なんだろう。煙は大空に突っ立ったまま、動かない。

見ていると、なんだかしいんと寂しいよう……。

「牧師さまも、お寂しいんじゃないかしら。」

と、三千子はふと思う。

神に仕えて、異国に来て、黒い僧服で、ただひとり庭に立って、朝焼の空の火の山を、じいっと眺めている。体も靴も、並はずれて大きい牧師——。

信者ではないけれど、基督教女学校《ミッシヨン・スクウル》の生徒の三千子には、敬虔《けいけん》なものが伝わって来る。静かな懐かしさが、胸に溢れる。

この牧師さまと、もっとなにかお話したい。

「牧師さま、あたしは悪い子ですの。お姉さまを裏切りそうですわ。克子さんと遊んでいたら、もっともっと、いけない子になってしまいますわ。」

そう言って、金色の毛の生えている、牧師さまの手に縋《すが》ったら、どんなに清々《せいせい》するだろう。

あの赤屋敷の庭で、三千子がいたずらして隠れた時に、洋子の言った言葉を思い出す。

「いつか、いつかね、三千子さんを、ほんとうに、こんなにして、捜すんじゃないかって、ふっとそう思ったの。その時は、もう幾ら捜したって、三千子さんは見つからないんじゃないかって……。でも、あたしはどんなに遠くへだって、三千子さんの心を捜しに行ってよ、きっとよ。」

だけど、三千子が克子のとりこになりかかっているのに、お姉さまは来て下さらない。幾ら手紙で誘っても……。

牧師は、この愛らしい日本少女の、少うし愁え顔を、不思議に思ったのだろう。

しかし、なんと話しかけていいか、分らぬというように、

「あなたは、ほんとうに綺麗な、黒い毛ですね。」

と、三千子のお河童を、やさしく見下した。

「あら。」

と、三千子は頬を染めた。

「朝の火山、緑の林、黒い髪、大変よろしい。」

三千子はなんだか嬉しくなって、

「あたし、もう先、日曜の御弥撒《ミサ》にお参りしたことありますのよ。」

「そう。」

牧師は意外そうだった。

「どうぞ、またおいで下さい。」

「ええ。……あのウ、懺悔にいらっしゃる方も、おありですの？」

「そう。ありますよ。」

三千子も、お姉さまにお詫びのために、懺悔しようかしら。

「でも、あたし達の友情のことで、神さまに懺悔するなんて、なんだか恥しいわ。

懺悔なんて、大人のすることだわ。」

そんな気がして、牧師にさようならをすると、三千子は自転車に乗った。

小さい坂を下りたはずみで、自転車は、草津電車[2]の踏切を、難なく越え、ゴルフ場の道へ、つうっと登って行く。

「うまい、うまい」

と、三千子はひとりで、囃し立てた。

落葉松の林のなかに、広々と真直ぐな道、行手の朝空には、火山の煙が見えて……。

目を覚した、小鳥の群が、道を渡る。

山鳩も鳴いている。

「負けるものか、克子さんに負けるものか。」

という勢いで、三千子は風を切って走った。

こんなに朝早く、三千子が自転車乗りに出て来たのも、実は、克子に負けたくないからだった。

克子が三千子に、自転車を教えてくれたのはいいけれども、三千子が少し乗れ

るようになると、もう克子は遠乗りになど引っぱり廻して、

「駄目よ、三千子さんは臆病で。おどおど、怖がってちゃ、いつまでも上手になれないわよ。」

と、頭ごなしに叱りつける。

自動車や、オオトバイや、馬が向こうから来ると、三千子はいちいち自転車を下りて、通り過ぎるのを待っている。

克子は三千子を置いてけぼりにして、つうっと自分だけ行ってしまうか、くるりと器用に廻って、引き返して来ると、

「なにしてんの？　心配しなくたって、向うで避けてくれるわよ。」

「だって、なにか怖いものを避けようと思うと、却ってその方へ、吸い寄せられて行っちゃうんですもの。」

「そう。初めは誰だって、そうよ。そこを勇気を出さなくちゃァ。……三千子さんたら、全然スポオツに向かないのね。スポオツなら、少しは冒険がなくちゃァ、面白くないわ。」

「だって、この間習ったばかりですもの。」

「自転車なんか、そう幾日も習うひとないわよ。そんな二十二に乗ってて、怪我しっこないじゃないの。」

「二十二って、なアに？」

「自転車の大きさよ。車の輪が二十二吋《インチ》なの。子供用よ。」

「克子さんのは？」

「二十六。大人用よ。三千子さんも、せめて二十四くらいに乗って、脚を長くするといいわ。」

三千子はカッと頰に血が上った。くやしかった。

三千子は小柄で、お人形のように可愛い。特別脚が短いとか、体の恰好が悪いなんてことはない。

だけど、克子にこんなことを言われると、自分のチビを辱しめられたように思う。

克子に悪気のないことは、よく分っていても、克子のつんと響く声には、棘《とげ》がある。

それにまた、短《シヨオト》パンツから、すっと伸びた、克子の長い脚を見ると、憎らしいほど羨ましい。

洋子姉さまは、幾ら綺麗だって、三千子はただ見とれて、それが自分の誇りのように楽しい。

だけど克子には、三千子もいちいち突っかかって行きたい。

「負けるもんか。」

しかし、克子は、三千子のちっちゃい競争心なんて、てんで問題にしないで、

「自転車を卒業したら、今度は馬よ。」

「馬？　馬に乗るの？」

「うん。」

と、克子は男の子みたいにうなずいて、

「この夏中に、三千子さんを強く鍛えてあげるの。私の好きなように、三千子さんを変えちゃうの。……洋子さん驚くだろうなア。」

「いやよ、いやよ。」

と、三千子は思わず、かぶりを振った。

克子の力に、必死と逆らうように、

「変ってやらないから、いいわ。」

「なんて言ったって、私が変えちゃう。」

「だけど、克子さん、お馬にも乗れるの？」

「まだ乗ったことないけれど、乗れば乗れるわよ。ひとが乗ってるんですもの。馬は乗るように出来てるんですもの。」

「まア！」

と、三千子は、克子の自信たっぷりな、大胆な勇気には、眼を円《まる》くした。

「いやだわ。なに感心してんの。八木さんは牧場主じゃないの？　八木さんの仲よしなら、三千子さんだって、馬くらい乗れなくちゃア。」

「八木さんの牧場には、馬はいないのよ。」

「あらア。牛ばっかり？　なアんだ、つまんない。」

「ううん、とてもおいしい牛乳の搾れる乳牛よ。」

と、三千子が云っても、克子はもう相手にしてくれない。

「馬のいない牧場なんて、ちっともロマンチックじゃないわ。」

「そんなことないわ。牛だっていいわ。」

と、三千子が口籠っているうちに、

「その牧場も、八木さんとこでは、もうお売りになるかもしれないし……。」

と、克子は言い棄てて、勢いよくペダルを踏むと、颯爽《さっそう》と飛ばして行ってしまった。両手をハンドルから離して、踊るように振りながら、それで歌の調子を取って。


取り残されて、林の蔭に、克子の歌声の遠ざかるのを聞いていると、三千子は涙がにじみ出して来る。

「帰っちゃおう。もう克子さんと遊ぶもんか。」

と、悲しいけれど、後からまた、二十二の小さい自転車で追っかけて行く。

子供の時、餓鬼《がき》大将に、意地目《いじめ》られたり、泣かされたりして、くやしいと思いながら、やっぱりその強い男の子と遊んで貰いたい。ちょうど、それと同じだった。


克子は不思議な力がある。三千子はそれに逆らいながら、却って引きずられて、どこまで行くやら……。

とにかく、克子に負けないためには、第一に、自転車を上手にならねばならぬので、今朝も、森の小鳥といっしょに起きて、飛び出して来た、三千子だった。だけど、牧師さまに会って、ほんとうに心が静まると、そんな意地っ張りは、急につまらなくなった。

「こんなことしてたら、三千子は、克子さんの言う通りに、変っちゃう。お姉さまの三千子でなくなってしまう。」

と、三千子は自分を振り返って、火山の煙の見える方へ、真直ぐに走って行った。

「三千子さんとは、どうして、こう毎日喧嘩ばかりしてんのかしら?」

「喧嘩? 喧嘩なんかしてやしないわ。克子さんがひとりで、怒ってばかりいるんじゃないの?」

こっそり稽古した甲斐があって、今日は三千子も、自転車の上から、楽に話が出来る。向うから自転車が来ても、あわてない。

「八木さんとも、こんなに三千子さん喧嘩する?」

「いいえ、ちっとも。お姉さまは、やさしいんですもの。」

「そう? つまんないのね。私はそんなのいや。」

と、克子はちらっと振り向いて、

「ねエ、三千子さん、ほんとうの仲よしは、喧嘩するものよ、喧嘩も出来ないなんて、可哀想みたいね。」

「あらア？　だってお姉さまとは、喧嘩するわけがないんですもの。」

「そうかしら？　その人が心から好きなら、よけい、いろいろ文句が言いたくなるんじゃないの？」

「そうね。」

と、三千子はこくりとうなずいた。

それを見ると、克子は、もう大丈夫、三千子の心をつかまえたと思ったか、不意にきつい調子で、

「三千子さん、新学期になって、急にすましておしまいになっちゃ、いやよ。」

「そんなこと……。」

「でも分らないわ。八木さんのお顔みたら、私と夏中こうして遊んだことなんか、煙みたいに消えちゃいそう。」

「あら？」

1937.
JUN. NAK

「三千子さん、よく覚えといて頂戴。私ね、三千子さんの自転車の教師になっただけじゃないってこと。お友達になったんだってこと。」

「あたし、誰とも仲よくしたいの。——克子さんも、八木さんと、お友達になって下さればいいのよ。」

無邪気に言う三千子の横顔を、克子はびっくりしたように見ていたが、

「まあ！　そんなお伽噺みたいなことで、すめばいいけれど……。」

「だって、同じ学校にいるんだもの、みんな姉妹みたいに思ってはいけないの？」

「ひとにもよりけりよ。私、洋子さんとは、どうしたって……。別に喧嘩してるわけじゃないのよ。だけど、なんて言ったらいいかしら、あの方は、私の敵《ライヴァル》じゃないの？」

二人を、競争者《ライヴァル》には、誰がした？　三千子さん、あなただということが分らないの？

そう言いたげな、克子の不平顔……。

三千子はまた、この人の傍にいては、もしかしたら、魔法にでもかかったように、お姉さまのところへ帰る道が、見つからなくなってしまうのではないかしら

と、不安だった。

三千子も克子も、なにか言いたくて言えない。

ちぐはぐな心で、自転車を走らせてると、向うの雑木林の蔭から、歓声や拍手が聞える。

「あら。今日は二十日ね。プウルの水泳大会よ、行ってみましょう。」

「ええ。」

と、三千子もほっとして、

「まア、軽井沢じゅうの自転車が集ったみたい。」

ほんとうに、道の両側の木蔭には、二百も三百もの自転車が、ずらりと並んでいる。

「汚いのばかり、よく揃ったわね。」

「だって、みんな貸自転車なんですもの。」

もう秋の花の咲いた草原に、自転車も置いてある。大使館の車もある。

克子の後から、三千子も観覧席へ入った。両岸の木蔭や芝生が、自然のベンチ。

五十米《メエトル》背泳とか、百米《メエトル》自由型とかいうのは、普通の競泳《レエス》に変らないけれど、浮袋《ライフ・ベルト》レエスや西瓜取《ウオタア・メロン・ファイト》りなども、混っているのが、いかにも避暑地の遊び。

「次は、パン食い競争、出場の方は、お集り下さあい。」

と、大学生のような日本人の世話役が、メガホンで呼ぶと、その後で西洋人のお爺さんが、

「Next《ネキスト》, bread《ブレッド》 eating《イイチン》 race《レイス》. Men《メン》, boys《ボオイズ》 and《アンド》 girls《ガアルズ》.」

と、英語で言う。

「潜水競争。男子、女子、少年、少女。」

「Under《アンダア》 water《ウオタア》 race《レイス》. Men《メン》, boys《ボオイズ》, girls《ガアルズ》, and《アンド》 women《ウイメン》.」

競泳《レエス》といったって、楽しい国際的な社交のようなもの……。

少女五十米《メエトル》平泳では、

「まア。あれで少女？　幾つなの。」

と、アメリカ少女の、のっぽうに、三千子はあきれて、

「あたしの倍もあるわ。」

しかし、その、のっぽうは、小さい日本少女に、たわいなく負けてしまう。

「西洋人は弱いのね。頑張りがきかないのね。」

と、三千子が喜んで、拍手していると、克子は笑って、

「それはそうだけれど、こんなもの、遊戯なんですもの。日本人はなんにでも、あんまり真剣になり過ぎて、愛嬌がないわ。朗らかに遊ぶってこと、知らないのよ。」

「だって、レエスですもの、勝った方がよくはないの？」

「そうよ。でも、三千子さんの喜ぶの見てると、西洋人は日本人より偉くって、そのえらい者に、日本人が勝ったから、嬉しがってるようよ。そんなの、私は厭だわ。」

三千子は赤くなった。確かに痛いところを突かれた。

三千子のうちにも、まだどこか、外人崇拝の気持が残っている。

克子が飛込台のところで、金髪の少女達と、きゃっきゃっとしゃべっているのを見ると、三千子は羨ましい、えらいと思う。

「克子さんのように、会話が出来たらいいけれど。」

「ううん、なんでもないの。つまんないこと言って、喜んでるの。」

と、克子は笑ったが、急に強い瞳を輝かせて、

「三千子さん、あなたどう思った？　軽井沢へ来てみて？」

「どうって？」

「外人と日本のお嬢さんたちと較べて？　日本のお嬢さんの方が、どれだけ綺麗で、健康で、凜々しいかしれないでしょう。三千子さん、そう思わない？」

三千子はハッと胸打たれて、しっかりうなずいた。

「ええ。そう思うわ。」

「そうでしょう。私たちはね、だから、世界の灯にならなければいけないと思うの。日本の少女は、もっともっと、誇りを持っていいのよ。」

「ええ。」

三千子も明るく顔を上げた。

……克子さんも、いいところがある。

プウルでは、百米《メエトル》自由型の競泳が終って、勝った日本の少女が、負けた西洋の少女をいたわって、腕を組みながら、コンクリイトの岸へ、引き上げてやっていた。

見物の内外人が、一斉に拍手した。

プウルから帰ってみると、洋子の手紙が待っていた。

暑いのよ、こちらは。しばらく雨がないので、青い草まで焼けた色になって、とてもきびしい夏。

でも、あたし元気なの。例年より丈夫よ。家のことなんか、ちっともあたし、不幸だと思っていないんですもの。三千子さんも、あまり気にかけないで頂戴。

それよりも、克子さんとの毎日を、出来るだけ楽しく、いい思い出を作ってらっしゃいな。そちらは夜分冷えるそうですから、寝冷えをしないようにね。高原の紫外線に灼けて、健康になってらっしゃる顔を、早く見たいわ。

あたしも、自分の小さい家を守るためには、屈せずに立とうと思ってるの。

それから、先日送っていただいた、ハイランド・コオン、とてもおいしかったわ。浅間葡萄のジャムも、毎朝、あたしのパンにつけています。濃い紫の小粒の、可愛い実なんですってね。

いろいろありがとう。

洋子

三千子さま

明るく、なんでもないように、書いてはあるけれど、「大きな困難と戦っている」洋子の雄々しさと、三千子への深い愛情とが、滲み出るようだ。

伯母さまになんとか言って、一度お姉さまに逢いに行こう。

そう思うと、三千子は矢も楯《たて》もたまらない。

今日はもう八月の二十日、避暑地の盛りも過ぎようとして、落葉松の夕日の寂しさ……。

克子のように、西洋人の前でも、物怯《ものおじ》せず、異国の少女のお友だちも持ちたいと、三千子は克子を先生にして、英会話のお稽古をしている。プウルへ行った次の日から。

先生の克子が言うには……。

語学のよく出来るひとが、会話も上手とは限らない。会話には、会話独得の呼吸がある。第一に、その呼吸に慣れること。

それから、西洋人負けしないこと。発音を気にせず、羞《はにか》まぬこと。向うの言うことが、全部は分らなくっても、分った範囲の言葉だけに、返事していいこと。こちらも、片言まじりでもいいから、どんどんしゃべること。西洋人の小さい子供とお話すること。小さい子供の言うことは、はっきり聞こえるし、こちらも話しやすい。

「つまり、慣れるのよ。英文学の学者だって、会話は、異人館のアマより下手なこともあるのよ。赤ん坊でも言葉を覚えるのに、字なんか知らないで、平気でお話するでしょう。あの調子なの。文法も大事でしょうけれど、会話は子供のお話みたいに、自由にやりましょうね。」

港の貿易商という、克子の家の商売柄、西洋人との交際が多いらしく、子供の時から、会話も達者なのだろうけれど、それには、はきはきした、克子の強い性格の力もあるにちがいない。

三千子は克子の正反対、物覚えのいいくせに、きまり悪がりで、知っている英語も、なかなか口には出なくて、先生の克子を、じれったがらせた。

昼寝から覚めると、硬い木綿のワンピイスに着換えて、蝶のように、北幸の谷

へ、自転車を飛ばせたのはいいけれど、

「さあ、始めましょうか。」

と、雑木林の栗の木から楡の木へ吊した、ハンモックに揺れながら、克子がちょいと気取って見せると、三千子はもう出鼻を折られてしまう。

これは、二人の楽しいお芝居なのだけれど……。

「まあ、大変お元気そうで、結構ですわ。先達《せんだっ》ては、御本をありがとう。」

なんの本のことだろうと、三千子はまごまごして、

「いいえ、あなたも御機嫌よう。」

克子は眉をしかめると、日本語に復って、

「だめ、だめ。それじゃあア、会話がそこで止っちゃうじゃないの。御機嫌のいい、悪いの挨拶なんか、ありがとうと、一言でいいのよ。そして、御本の話をしてくれるのよ。会話は、うまくバトンを渡したり、受け取ったりしなくちゃ。」

三千子は叱られると、よけい小さい声の英語で、

「本は面白かって?」

「ええ。あの物語の少女の運命を、いろいろ考えて、眠れなかったくらい……。

少女の渡って行った海の波に、私も揺られてるようでしたわ。」

「いやよ、そんなむずかしいの。」

「では、幼稚園の方へ戻ります。」

と、克子も楡の葉を捲《むし》って笑いながら、

「あなたはお幾つ？」

「十三歳四ケ月ですの。」

「お国はどちら？」

「アメリカのロスアンゼルス。」

「まア、ずいぶんお遠いこと。日本はお好き？」

「大好きよ。あなたのようなお友達がいるんですもの。」

克子はハンモックを快活に揺すぶって、

「ああ、三千子さんのお世辞のうまくなったこと。それ、会話の時だけじゃア、だめよ。いつも、そうでいてね。」

そこへ、女中が冷い麦茶とビスケットを運んで来た。

頭の上の青い枝を、かけすの親鳥が、五六羽の雛をつれて通る。その葉ずれの音だけの、静かな午後。

「もう少し、お稽古する？」

「ええ。」

「いいお天気ねエ。」

「夕立も霧も来ないかしら。」

「降るといいわね。道端の緑の色が、よごれてるわ。でも、一雨毎に、もう秋になるのね。」

「雨の日は、あたし好きよ。」

そう答えて、三千子ははっとした。

洋子姉さまと、初めて御一緒したのは、あの俄雨の午後ではないか。あの日以来、前にも増して、雨降りの日が好きになってしまったのに……。

三千子は思い出すと、不意に悲しくなって、声が出ない。

そうとも知らないで、克子は腕時計を見ると、

「あら、遅くなっちゃったわ。一時半からね、軽井沢子供学校《ジュニア・スクウル》の音楽会があるのよ。行ってみましょう。西洋人の子供の学芸会なの。会話の練習にもなるわ。」

やはり二人は自転車を並べて——。

テニス・コオトの横の合同教会《ユニオン・チヤアチ》、軽井沢にこんなに沢山、西洋人の子供がいたかと思う程、各国人の子供でいっぱいだった。黒ん坊の子供もいる。

独唱、合唱、ピアノ——たいていは、三千子と同じ年頃の少女。

「あら、西洋人の子供も羞かむのね。小さい声で、ここまで聞えないわ。」

と、三千子はささやいて、祭壇の真中に、真剣な顔つきで歌っている少女が、好きになる。

次は、民俗踊り《フオウク・ダンス》、長い棒の尖《さき》に、赤い布をひらひらさせてるのは、炬火《たいまつ》のつもりだろう。その群のなかには、日本の少女も三四人入って、踊っている。

そしておしまいに、少年少女がいっぱい祭壇に並ぶと、ああ、「蛍の光」の合唱だった。

夏の子供学校も、今日を限りに閉じられる。その別れの歌……。

無論、歌は英語だったけれど、三千子も思わず「蛍の光」を、小声で唱っているうちに、なんだか涙が溢れて、止らない。

楽しい夏に別れる歌。——そうして三千子には、克子にも別れる歌だろうか。

もしかすると、洋子姉さまに別れる歌ではないだろうか。
沢山の遠い国々の少年少女の合唱ゆえに、尚歌はさびしい。
窓からは、もう秋風が忍び込んで……。

7 新しい家

このまま、この寝台が、つうっと走り出して、洋子姉さまのお家へ辷《すべ》り込んだらいいのに……。

ふと目覚めた三千子は、丸太で組んだ天井を見上げながら、そんなことも考えたものだった。

軽井沢から帰る間際に、遊び過ぎが祟《たた》ってか、三千子は熱を出してしまったのだった。

大嫌いなお粥や梅干などを、伯母さまは、お医者さまのお言いつけ通り食べさせるのだもの、ほんとうに厭――。

「きっと、洋子姉さまの悲しさが、あたしの心を醒すために、飛んで来たんだわ。丈夫でいる時は、つい、うかうかしてしまって、静かな真実を見忘れてしまうんだわ。洋子姉さまのように、黙り勝ちだから、余計深いこころもちは、三千子が病気でもしないと、見分けることが出来ないんだわ。だから、三千子は寝床のなかで、ようく、三千子の心を洗うようにって。きっと、そうだわ。」

病気になったことさえも、自分への戒めのように考えて、一生懸命、克子の心の誘いと戦っている。三千子のかぼそい心……。

だけど、また一方、会えば三千子の気を惑わすような、克子のあの強い美しさから離れていると、体じゅうの力が、みんな抜けてしまうように、ぼんやりするのは、なぜだろう。

こんな寂しさも、三千子は不思議でしょうがない。

火照《ほて》った頰を水枕につけて、いつとなく、うとうとしている三千子の枕もとで、伯母が克子に話している。

「昨夜《ゆうべ》は、熱が九度三分も出ましてね、よく眠れなかったんですよ。」

「まあ！」

「夢でも見ていたのかしら、二度も三度も、ようこねえさま、待ってエ……なんて、はっきり言うんですの。子供の夢って、ほんとに面白いんですのね。どんなところで遊んでいたんでしょうね？」

克子は青くなった。

心の奥の現われという、夢に通うのは、やっぱり洋子一人でしかないのだろうか。

夢のなかでさえも、三千子の心を占めている洋子。

現《うつつ》の世界では、もう三千子は、完全に自分の掌に入っているものを、たとえ夢の世界でだって、二度と洋子に渡してなるものか。

克子はこう思って、ひとりでに体が熱くなって来た。

「伯母さま、大丈夫ですわ。今日から私、傍についていて、三千子さんの夢の番をして差し上げますわ。」

「夢の番？」

と、三千子の伯母は笑った。

なんて気のきいたことを言うひとだろうと、感心した。克子の激しい妬みとは知らないで……。

「まあ、克子さんたら。……夢の番が、どうしてお出来になるの？　夢って、つかまえて、縛っとけますの？」

「ええ、魔法で退治ちゃいますわ。」

と、克子は勝気な眼を、きらりと光らせた。

三千子は、伯母の笑い声で、目を覚していた。

「あたしの夢の番までなさるなんて……。」

三千子はもう怖くなって、毛布にくるまった体を、そっと動かして、庭を見た。

背の高い、桃色の萩が、まるで誰かにいじめられているように、うつ向いて、
細かい花をこぼしている。

「あら、おめざめ?」

克子がいち早く感づいて、

「心配してたのよ、どう?」

「もう、お熱も下ったようね。」

と、伯母さまが静かに三千子の額を撫でた。

その手に縋るように、三千子は、

「ずいぶん静かね。寝てると怖いわ。」

「あら、早速本音を吐いたのね。もうそろそろ、お母さまのお膝へ帰りたくなっ

ちゃったの?」

そして克子に、

「夢の番をお願いしますよ。ちょっとお茶の支度をして来ますから。」

二人っきりになると、克子は声をはずませて、学校の先生方の渾名《ニツクネエム》の由来を暴露して笑わせたり、西洋人の子供達は、泣く時も英語を使ってるようだという話や、そりゃ上手に、三千子の気持を引き立ててくれて、

「あたしね、昨夜《ゆうべ》、素敵なこと考えついたの。二学期になったら、ふたりでお揃いの菫の花を、いつでも、胸のポケットへ入れておくの、どう?」

三千子は、はっと当惑顔で、

「飾りに?」

「ううん。友情と愛のしるしに……。」

この春の克子の手紙を、三千子は思い出した。


私はすみれの花が、なんの花より一番好きですの。

あなたを「私のすみれ」とお呼びしてよろしいでしょうか。

1937.12.

あなたは私になんの花をお返事下さいまして？

その時は、とうとう、なんの花にも、心を籠めて返しはしなかった三千子だったのに、今はこうして、洋子姉さまより身近く、克子の翼に抱かれて——。

しかし、克子は、三千子のそんな心の迷いなど吹き消すように、

「それもね、造花じゃいけないの。あの紫の濃い、匂い菫の生きた花をね。」

「でも、直ぐ萎《しお》れちゃうでしょう？」

「だから、毎日、新しい花と替えるのよ。私、元町の花屋へ註文《ちゅうもん》するわ。どんな季節にも、菫の花は絶やさないようにって。」

「まあ？」

「ロマンチックじゃなくて？」

そりゃ、そうだけれど、ふたりの「しるし」を凋《しぼ》ませないために、毎日、花を新しく取り替える。——そうして萎れた花は、どうするのだろう。

「友愛」を誇るために、毎日花の死骸を棄ててゆくということは、なんだか、愛情のしるしに似合わしくなく、残酷な気がして、三千子は、克子の言うほど、素

敵とは思えなかった。

「学校じゅう、センセエションを起すわ。」

克子らしい、余りに派手な思いつき――。

そしてそれは、意地悪い鞭《むち》のように、洋子を打ちのめすだろうことを、克子は知っている。

「そんなことしなくたって、仲よしは仲よし、お友達はお友達ですもの。」

「まあ、三千子さん、お厭なの？」

「――そうじゃないけれど。」

「三千子さんたら、ちっとも、私の言うことに賛成して下さらないのね。ひどいわ。」

「だってエ……。御免なさい。」

「あやまらなくたって、よくってよ。」

と、克子は少し険《けわ》しい顔つきで、すぱりと言った。

「分ってるわ。八木さんに遠慮していらっしゃるのね。」

ちょうど、断崖の端へ追いつめられたような形で、三千子も、反抗的に力が湧いて来て、相手を突き返すように、克子と眼を見合わせるのだった。

しかし、先きにうつ向いてしまうのは、やっぱり三千子——。

そして、学校の、あの薄暗い廊下の隅を、ふと思い浮かべて、三千子は不意に悲しくなった。いつでも、そこで、静かに三千子を待っていて下さる、洋子姉さま……。

「早く学校が始まるといいわね。」

「そうよ。胸のポケットから、私達の菫が匂って……。」

と、克子は勝ち誇ったように、

「二学期が、私一番好き。だって、運動会も、ピクニックもあるんですもの。」

それはみんな、花やかな克子の得意の催しだ。

「だけど、ここの秋もいいのよ。夏の賑かさが、まるで一つ一つ灯の消えるように、別荘のしまってゆくのを見てると、誰だって、詩人になってよ。」

「秋に来てみたいわ……。」

「うん、いらっしゃい。誘ってあげる。西洋人は冬の間近まで住んでいてよ。落葉の道を散歩してると、荒れた林のなかから、煙がのぼっている。誰か住んでる

なと思って、なつかしいことよ。私の別荘なんかね、風の夜は、屋根に葉の落ちる音が、雹《ひょう》でも降ってるように聞えるの。クリスマスには、もうホテルはしまってるけれど、サナトリアム(1)やドイツ人のアパアトに、西洋人が集って来て、雪のなかで、賑かなのよ。」

そこへ伯母さまが、克子のお茶菓子などを持って来て、

「克子さんに、夢のお守りまでしていただいて?」

「いやだわ。伯母さまは、いつまでもあたしを、子供みたいに仰しゃる。」

「はいはい。——三千子さん、いいもの、ほら、お母さまからお手紙。」

三千子は嬉しそうに起き上った。

伯母さまから、容態は詳しいお報せをいただいたので、心配ではありませんけれど、もうこちらも秋風立って、しのぎよくなったから、二三日うちにお迎えに行きますよ。…………

…………

その後にも、まだなにか書いてあったけれど、よくは眼に入らない。二三日うちに、お母さまが来てくれて、洋子のいる港へ帰れるということだけが、三千子のなかに、眩しい渦を巻いて……。

平和な牧場の、丘の南に、小さな住宅が建った。

山小舎のような飾りの少い形式で、羽目もステエン(2)で塗ってある。

古い椎の木を背景にして、赤煉瓦《あかれんが》色の屋根が明るい。

洋子の生れる前から建っていた、山の手の広い屋敷から、この丘の家へ移った当座は、あんまり、どの部屋もどの隅も明るくて、家のなかに、翳がないので、洋子はなんだか夜のない国へ来たような、眩ゆさを感じて、反って落ちつかないくらいだった。

ちっとも、余計なもののない、清潔な家。

このなかから、身軽で、健かな、新しい生活が育ってゆく、これからの年月を考えると、このささやかな家こそ、洋子を乗せる希望の船。

そう言えば、部屋の感じも、どこか船室に似て――。

「でも、きっと三千子さんびっくりするわ。だけど、あたしが、そのために、ちっとも不仕合わせでないってことが、分ってくれたら……。」

却《かえ》って、いつも表門の鉄の扉のとざされた、古い樹々にすっかり蔽《おお》われた、あの暗い、山の手の家を失ったことを喜んでくれるだろう。清らかに凜々しい巣立ちとして。

見て頂戴、この新しい家の隅々まで、光の通る明るさ。そして陰のない丘。どんな小さな魔ものだって、もうあたしの傍に隠れる場所はないのだから、あたしは、天の花園の花のように、美しく、匂いよく、ずんずんと育ってゆこう。

洋子は、学校のマダム・セン・ピエエルからの手紙を、大事そうに読み返しながら、こんなけなげな思いが、胸に溢れた。

あなたのお家の閉された門扉を、埋めつくしている蔦の葉が、風のあたらぬ、日向の方だけ、染めたように色づいて来ました。

山の手公園へ散歩する度に、その前を通って、さみしく思います。でもそれは、あの広いお庭の樹や花も、主を見失ったというさみしさで、あなたの手から、あの家が離れてしまったことを、私は悲しんではいないのです。だって、あなたは伸びる若木。もっと新鮮な、耕されない土に生きて下さい。あのお家は、あなたが翼を拡げて飛び立った古巣ですから、もう惜しがってはいけません。

神さまの思召《おぼしめし》によって、あなたが生れたままのあなたに還り、人びとのために働く尊さを覚える日の近いことを祈ってやみません。

それから、先日の仏文、大変お上手で、あれは、満点をあげます。

あたしの好きな
牧場のお嬢さんに　　　　　　　　　　　　　　セン・ピエエル

このやさしい、大きな、温かい道しるべ——。

洋子はマダムの手紙を、そのまま拡げて、まだ塗ったばかりの新しい壁へ、ピンで留めた。

無論、ひとに見られたって、立派な手紙だけれども、自分ひとりにしか読めぬ、仏蘭西《フランス》語ということは、なんとなく余計楽しい。

どんな悲しい目に遭っても、マダムの、だぶだぶのスカアトの襞のなかへ、泣きに行ったら、直ぐ涙が止ってしまいそうな、あの、ひろい、豊かな、神秘な裾……。

マダムは異国人とは思えない、特別の理解と同情とを、洋子に持っていてくれる。

家運が急に傾いた少女にとって、自分の学ぶ学校のマダムが、こんなに慰め、励ましてくれることは、どんなに力強いか。

「お嬢さま、ちょっと、外へいらっしゃいまし。」

と、裏の方で婆やの声がする。

「なあに？」

「見てごらんなさいましよ。それはそれは夕焼のきれいなこと、遠い火事のように。」

「まあ、婆や。こっちへ来てから、ずいぶん風流になったわね。」

「のんきだからでございますよ。」

そのくせ、あまりのんびりとはしていない風なのに、つとめて、内心の悲しみや心配ごとは、洋子に見せまいとしている。

家の整理以来、婆やの人知れぬ苦労は、心の聡《さと》い洋子こそ、誰よりも早く、誰よりも深く、察してはいたけれど、わざと気がつかぬ振りをしていた。二人とも口に出さないで、元気のいい話ばかりしながら……。

黙ったまま、いたわり合い、あたため合っている、静かな古い愛情は、小さく貧しくとも、この牧場の家を、どんなに明るくしていることか。

二人は椎《しい》の木の傍に並んで、落日の最後の瞬きに染った空を、神さまのように、胸のうちで拝んだ。

「さようなら、お日さま。どうぞ守って下さい、明日の朝まで、あたしを夜のなかでも。」

お父さまは、今夜もお帰りがおそい。

事業の引継ぎや、負債の整理で、毎日のように、お忙しい。

婆やの外《ほか》には、女中もいない。たった二人だけのひっそりした夕飯……。

洋子は、食事の時が、いつも、一番うら悲しかった。あんまり静かで、あんまりさみしくて。

お父さまやお母さまと御一緒だったら、どんなに貧しい食事でも、こんな寂しさはないのかもしれない。針の落ちる音も聞えそう——。

黙って沈んでいては、寂しさが絹糸のように痛くなるから、なにか面白い話をして笑っていたい。

しかし、そんな気持で、話題を捜すと、却って言うことがなくなってしまう。その時ちょうど、廊下で電話が鳴った。

ほっと救われたように、婆やはあわてて箸を置くと、肥った腰を揺すりながら、駈けて行く。

「お嬢さまア。大河原さんとおっしゃいます——。」

「はあい。」

と、洋子は自分でもびっくりする程、大きな声で、受話器の前へ飛んで行った。

「もしもし、まあ、三千子さん。」

「お姉さまア。」

「三千子さん、三千子さん。」

うれしくて、声が顫えている。

「お姉さま、今日ね、三時の高原列車で帰ったのよ。今、家へ着いたばかり。」

「まあ！」

と言ったきり、洋子はあとの言葉も、急には出なかったが、

「ずっと、お元気だった？」

「ええ。それよりあたし、お姉さまのこと、ずいぶん心配だったわ。……だって。」

三千子に、なにか秘めているような、他人行儀な手紙のうらみを、真先《まっさ》きに言うつもりだった。お姉さまってば、まるであたしを子供扱いにして、子供に言ったって、分ることじゃないという風に――。

だけど、洋子の声を聞いただけで、もうそんな怨みなんか、どっかへ行ってしまった。

「だって、なアに？」

「いやアよ、もうなんでもないの。」

と、三千子は安心して、甘ったれてしまう。

「向うで、面白いことが沢山あった？　克子さんは？」

「よして下さったけれど……。」

三千子は冷《ひや》っと頬が青ざめた。

だけど、お姉さまがいらっしゃらないのに、あたしひとりで、楽しんでばかりいたと思ってらっしゃるの？　……と、逆に怨みを言いたいような、心の底からの親しみ。

「明日の朝、お目にかかってから……。」

「ええ、待っててよ。三千子さん、早く起きてね。三千子さん、お寝坊だから。」

「あらア、お姉さまこそ、お寝坊のくせに。」

「ううん。牛と一緒に起きるんだもの。」

「じゃア、競争。」

「ええ、きっとよ。負けないでね。」

「お姉さま、お休みなさい。」

「三千子さん、お休みなさい。」

洋子は、今さっきの夕暮のもの憂さも、けろりと忘れて、俄かに気持がみずみずしい。

ひとりでに、歌があふれて――。

緑の牧場に、われらを臥《ふ》さしめ
憩いの水際に、われらを導く
その声
神のひとよ、神のひとよ
神より給《たま》いし、ひとよ

谷間の白百合、闇夜の牧人《まきびと》
神われを知ると、静かにささやく
………………
………………

待ち遠しい朝。ずいぶんと長い時が経ってしまったような……。
「あたしは変っているかしら、克子さんの魔法で。」

ほんとうに、魔法をかけられたような愛情、その怪しい呪術のような力も、あたしが洋子姉さまの前へ出れば、きっと脆《もろ》く、消えてしまう。

そしてあたしは、元の三千子になれる……。

いつかの朝、聖《セント》パウロ・カトリック教会で、大きな牧師さまとお話したこと

──


「牧師さま、あたしは悪い子ですの。お姉さまを裏切りそうですわ。克子さんと遊んでいたら、もっともっと、いけない子になってしまいそうですわ。」

そう言って、金色の毛の生えている、牧師さまのお手に、縋《すが》りたくなった、その悲しさを、お姉さまは、まだ御存じない。

お姉さま、洋子姉さま、どうぞ三千子に、力を貸して頂戴。

あたしを元の三千子にかえして頂戴。

なんだか、不安と、後悔と、そして喜悦とに、揉まれるような心で、三千子は牧場の門をくぐった。

洋子は椎の木蔭で、本を読んでいた。

もう幾度も、丘の下まで行っては、三千子の来る道を眺めていたけれど、あん

まりそわそわするので、本を持ち出して来たのだった。

少うし疲れた顔、深みのなお増した眼もとに、こぼれるような笑みを浮べて、

「三千子さん！」

いつもと同じ声で、いつもと同じに、三千子の肩へ手をかける。

あれも、これもと堰《せき》が切れたように、話したいのに、三千子は、もうなにを言うのも、厭になってしまった。

それに、克子のことを弁解しようなんて、尚更《なおさら》しらじらしくて、口には出しにくかった。

三千子は、ほんとうに目が覚めたように、胸が開けた。

ああ、お姉さま！　こんなに美しい人も、この世にいるのか。あたしは、やっぱりこの人のもの。

克子を地上の花とすると、洋子は天上の花——。

「あたしね、この頃、なにもかもすっかり、新しい気持なのよ。今まで、あたしの持っていたもので、惜しいものはなにもないの。」

洋子はそう言いながら、

「だけど、三千子さん、あなただけは……。惜しいの。離したくないの——。もしも、そのあなたまで、今までのあたしの持っていたものといっしょに、あたしから失われてしまうようだったら、どうしましょう！」

と、心のなかで、祈るように思った。

その声のない言葉は、三千子にも通じたろうか。

ふたりとも、克子のことは、なかなか言い出せなかった。

「お姉さま、あたしね、自転車乗り上手になったのよ。」

「まあ。三千子さんのその恰好見たいわ。」

「克子さんてばね……。」

三千子は口籠って、赤くなった。

だけど、克子のことを黙ってるのは、尚いけない。

「克子さんに教わったの。とてもあの方活発、乗馬もなさるのよ、軽井沢でも、評判のお嬢さんらしいの。」

「そうでしょうね。綺麗で、派手で、お利口なんですもの。」

「でも、少し、意地悪よ。」

「あら、いけないわ。そんなに遊んでいただいたくせに。」

「だって……。そうなんですの。」

三千子は、なにか刃で切り合っていたような、克子との日々を思い出しながら、

「あたし、誰とも仲よくしたいけれど、克子さんてば、そうじゃないのよ。」

「そりゃそうよ。誰ともと言ったって、その誰ともによりけりだわ。」

洋子の言葉に、三千子はびっくりしてしまった。

おとなしい、つつしみ深い、洋子姉さままで、克子さんと同じような、きつい口調……。

みんな、これもあたしのせいかしら。

「お姉さまも、克子さんお厭《いや》？」

洋子は困った顔つきで、笑っていたが、

「お友達になりたいけれど、向うでそうして下さらないのだわ。」

克子から、こと毎に、敵視されながら、洋子がじっとこらえている、学校での日頃を、三千子は見て知っている。

それなのに、ひとを憎まぬ洋子のひろい心が、ちょうど牧師さまのあの大きい

靴のように、神の慈悲の宿った、しるしかと、三千子には思われた。

「あたし、新学期になっても、克子さんと遊ばなくては、いけないかしら。」

と、三千子は子供っぽい心配を打ち明けるように言った。

「なんでも、三千子さんの思った通りになされればいいのよ。神さまがみんないいように歩かして下さってよ。」

少うし頼りないような、また、あんまり素直なような、洋子の返事なので、とうとう三千子は、克子の「菫《すみれ》の約束」のことを、言いそびれてしまった。

洋子姉さまが、もっとわがままに、もっと烈しく、あたしを責めて下さったなら……。

あたしを抑えつけて、眼の廻るほど、ぐんぐん引っぱって下さったなら……。

そんな物足りなさが残るのは、やっぱり、三千子にも、克子のあのきつい性格が、乗り移ってしまったからだろうか。

清潔な部屋のなかに、ピンで留めた、仏文の手紙を、洋子は指さして、

「これ、見て頂戴、マダムからなのよ。」

三千子には読めなかったが、マダム・セン・ピエエルの、林檎《りんご》のように艶のあ

る頰や、金色の産毛でかこまれた柔かい毛糸のような眉が思い浮かんだ。

「あたしね、二学期から、課外にも、仏蘭西《フランス》語のお稽古するのよ。」

「あら、それじゃ、あたしと遊ぶ時間がなくなるわ。」

と、三千子は不平を言った。

「だってね、あたし、専修科へは進まない決心したの。」

洋子がさみしそうに言う、その言葉から、三千子にも、今の洋子の背負っている生活が、おぼろげに感じられて、いたわしかった。

「今にね、今に、もっといろんなことがあってよ、三千子さん。だけど、いくら勉強に忙しくなったって、三千子さんを忘れたりしないことよ。」

洋子は希望に燃える眼で、三千子の不安そうな眼を、じっと見つめた。

「三千子さん、背が伸びたこと。夏に、思いきり遊んだお蔭よ。」

「あら。」

「背くらべしましょうよ。」

と、庭へ下りた。仲よしの二人には、楽しい遊びの一つ――。

「どこか、記念になるような場所を……。」

ポオチの柱も面白くないし牧場との境の柵もまぎらわしいし、新しい壁も智慧がなさ過ぎるし――さあ、どこに、二人の身丈をしるしづけようかしら。

「お姉さま、樹はどう?」

「あら、ほんと。ちっとも気がつかなかった、ほんとだわ。……椎の木にしましょうよ。」

そして、新しい洋子の家への、初めての訪れの人を迎えた門際《もんぎわ》の、古い椎の木の下へ、駈け出した。

茶色の固い幹に、先ず洋子から、そして三千子。

ふたりは、ナイフで小さく名前と年月日を入れた。

二人の背丈が年月と共に伸びるように、この大木自身も、まだまだいつまで、茂って行くことだろうか。

若い二人が、古い木に負けないように……。

8
浮雲

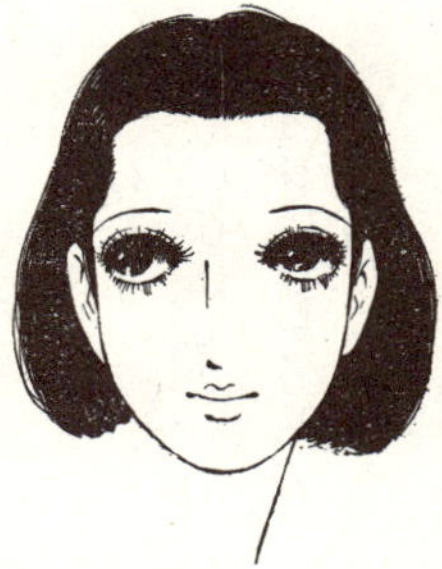

運動場は塵《ちり》ひとつ落ちていず、洗濯したてのシャツのように、ちょっと生徒を気取らせる。

新学期。——どの顔も元気いっぱい。

あんなに見慣れたはずの、学校のなにもかもが、おやと、新しく見えて、また、なつかしくて……。ほんとうに、休暇というものは、少女の心には、なにかしら尊い教師のような役目をつとめる。

出発の励ましと、友情の喜び、それをお互いに語り合いたいのだけれど、口に出すのが恥かしくて、

「あら。あんた、太ったわね。」

と、そんなことを言う。

「そうでしょ。脚が太くなったようで、とても悲観してんのよ。」

ヒマラヤ杉の蔭に、まだ強い陽射を避けながら、港の海もしばらくぶりで、飽かずに見ている四五人のグルウプは、どこどこの国の船が、今入っているか、学校の帰りに、波止場へ廻ってみようと、しめし合せた。港の基督教女学校《ミッション・スクウル》の乙女らしい思いが、胸に溢れて……。

「あのね、五年の八木さんに、お会いになった？　A組の八木さん。」

「ううん、まだ。チャンスがないのよ、今日は。」

「あたしね、さっき、お教室の前で、ぶっつかりそうになったのよ。その時、お顔見たけど、先よりお痩せになってるわよ。それでね、よけい、マリアさまみたいだったわ。」

「あら、駄目よオ。今頃そんな感心したって。三千子さんが、もうとっくに、ちゃアんと……。」

「いやだわ。なにも、そんな意味で言ったんじゃないわ。」

こうして集まれば、真先に噂にのぼるのが、皆から特に注目されている人――洋子も、無論その一人だった。

しかし、今、洋子の話をしているかと思うと、次の瞬間には、もう可笑《おか》しなことを言って、笑い合うのも、いかにも一年生らしい。

「あたしね、黒砂糖で顔洗うと、日灼《ひや》けが綺麗になおるって教わったから、この頃、こっそりやってみたの。」

「あら、そうなの？　お砂糖なら、おいしくていいわね。」

「レモンもいいって言うけど、顔がぴりぴりして、却って、ブツブツが出来るわよ。」

「まア、あきれた。随分苦労してんのね。」

「だって、うちのお姉さまなんか、美しくなるためには、どんな面倒も厭《いと》わないって、そりゃあ複雑なお化粧してるわよ。」

「複雑なお化粧？」

と、面白がる者があると、傍から一人が、

「あたしね、英習字の宿題、一日に全部やっちゃったのよ。手首が痛くなったわ。」

「それよりも、困るのは日記ね。いくら、その日の生活の真実をお書きなさいって、先生が仰しゃったって、お家のことやなんか、あんまり暴露するようなことは、書けないんですもの。自分のことだって、操行点《そうこうてん》に響く心配があるわ。」

「そんなことないわ。日記は別よ。日記は、操行点の治外法権だと思うわ。神さまの前で、懺悔するのとおんなじ……。」

「でも、恥かしいことだってあるわね？」

「あたしなんか、書きにくいことは、なんにもないけど、三千子さんのようなひとは、正直に書けなくて、困るでしょうね。」

と、誰かが意味ありげに言う。

「あら、三千子さんがどうかしたの？」

「そら、あの通りよ。」

と、指ざす方を、皆が揃って見ると、明るい校舎の出入口に、寄り添って立っているのは、四年の克子と一年の三千子。

まるで百年も前からの仲よしのように、克子は三千子の肩を抱いて……。

大輪のダリアに、ちっちゃい蝶が翼を休めているよう……。

「まあ、一大事。だって、大河原さんてば、八木マリアさまとでしょう。」

「そうよ。」

「八木さん、御存じないのかしら。」

「信じられないわ。あんなに両方で、夢中になっててらしたのに。」

「きっと、お休み中に、問題があったのね。少しの間でも離れてるといけないのね。」

「そりゃ、そうよ、エスの人たちは。」

「ああ、よかった、そんなものないから、あたしなんか、のんきに遊べて。」

一斉に好奇の眼を光らせて、二人の方をうかがったが、

「なにがどうあったにしたって、大河原さんがいけないわ。」

「八木さんにすまないと、思わないのかしら？　それで八木さん、少うしお痩せになったんだわ、きっと。」

「みんなで二人の傍を通ってやりましょうよ。」

「ほっときなさいよ、そんな人のこと。」

「あら、あんなに、克子さんてば、わざと見せびらかすようにしていてよ。あんまり見ると、余計得意になるから、そっぽ向いていてやりましょうよ。」

そんな風に、反対する者もあったが、結局、四五人が勢揃いして、二人の前を

通ることになった。

みんな、つんとすまして、三千子の心変りを咎《とが》めるかのように……。

しかし、克子は負けるものかという風に、きつい眼で、皆を見返して、却って聞えよがしに言う。

「ね、つまんないものだけど、贈物《プレゼント》受けて頂戴よ。私とお揃いなのよ。」

横文字の入った、白い箱を、三千子に渡した。

それから、三千子の顔を覗き込んで、

「じゃ、ね、きっとよ。」

と、なにか駄目を押すように、三千子の小さい肩を叩いて、廊下を曲って行った。

その、勝ち誇ったように胸を張った、克子の後姿を見送りながら、ぼんやり後に残された三千子は、ふと気がついてみると、級友達の視線を浴びている。

それを眩《まぶ》しそうに避けて、ひとり校舎の壁に凭《もた》れていた。

縺れては、また離れて、沖の方へ流れてゆく、白い雲。坂道の下に咲く、細いコスモスのひと叢《むら》。

なんだか、みんな、みんな、自分を意地悪く見ているような気がする。

毎日まつわりつくような克子の友情も、あんまりわざとらしくして、ほんとうのものとは思えない。洋子に勝つため、洋子を苦しめるため、ただその手段ではないかと、三千子には疑われる。

だから、克子に親切にされた後で、いつも三千子は、なにか鬱陶《うっとう》しく、気が塞《ふさ》ぐ。

そして、晴れた空でも見たくなる。

ふと空が薄雲に翳《かげ》ったので、眼を低めると、庭を隔てた向うの校舎の、二階の硝子窓のなかに、じいっと動かぬ洋子の顔——。

三千子は、自分でも気がつく程、頬が青ざめてしまった。

「ああ。洋子姉さまは、さっきから、克子さんとあたしの様子を、見てらしたのだわ……。」

どの教室でも、級長が新しい時間表を、黒板に発表している。

月	修身	幾何	国語	唱歌	（訳読）Reading Translation	（英文法）Grammar
火	代数	地理	家政	（訳読）Reading Translation	（英作文と会話）Composition Conversation	
水	国語	図画	体操	（訳読）Reading Translation	（英文法）Grammar	

五年A組では、洋子が、担任の先生から渡された紙を左手に持って、こんな風に書いていたが、ともすると、白墨を握る手もとが顫《ふる》えそう——。

幾度も字を書き違えた。

さっきの克子と三千子の姿が、頭に焼きついていて、自分の書く字が、自分で見えなくなる。

1938.1.
-JUN.NAK-

みんな、黒板の字を写しながら、がやがや言ってるのが、夢のように聞える。

「ああ、もう、こうやって時間割を写すのも、後一度っきりね。半年余りよ。」

「ほんとね、卒業の年は、特別早く経っちゃうって言うけど、そうらしいわね。」

「なんとなく、今から忙しいような気がして、落ちつかないわね。」

「修学旅行が楽しみだわね。」

学校の五年を卒えて、専修科へ進むひとは十人余り、あとはたいてい家庭で、お嬢さま修業に身をやつすことになる。

職業婦人として立つひとも、大分あるらしいけれど、なぜか生徒自身からは、働くという気持を、正直に話したがらない。なぜだろうと、洋子は不思議だ。

洋子は、家の事情がどんなになっても、うろたえたり、めそめそしたりすることなく、いつからでも働ける、心の用意をしておきたいと、覚悟をきめるようになった。

たとえ小さいものでも、自分の仕事を持つということは、どんなに強い力だろう。

「三千子さんと克子さんのことくらいで、弱ったりしちゃ、駄目だわ。」

と、自分を叱りつけて、時間表を書き終ると、副級長が座席から、洋子を呼んだ。

「ねエ、八木さん。ミス・ライトが病気なんですって。」

「ええ、この間伺ったわ。」

と、洋子は教壇に立ったまま、皆の方を振り向いた。

「クラスから、お見舞いしたらどう?」

「そうね、いいわね。」

「じゃ、今、きめてよ。」

洋子とちがって、副級長は、てきぱきと事を運ぶ、才能がある。

さっぱりしていて、男の子みたいな気性だから、生徒同志の不和の仲直りの役を買って出たりして、頼もしがられている。人望があると言うよりも、敵が一人もない。

洋子は副級長の方を見て、静かに言った。

「それじゃ、この相談は、あなたにお願いするわ。ここへ来て、賛否を調べてよ。」

そして、教壇を降りた。

こうして、副級長に花を持たせるのも、洋子のつつましい美しさだった。

「よろし。引き受けた。」

と、副級長は、あっさり言うと、洋子に代って、教壇に立った。

ミス・ライトの入院の報告をして、鉢植えの花を贈ることを提案した。

ミス・ライトは、英文法の先生。もう二十年も、独りで山の手に住む、英吉利《イギリス》人である。

お見舞いをすることに、反対を唱える者は、無論一人もなかったけれど、なんの花がいいかという議論で、また賑かなおしゃべりだった。

しかし、先生の病床に贈る花だから、誰もかれもうれしい。みんなの心がしっくりと一つに、結びついたように楽しい。

お互いに、なんとなく慰め合いたい、そして、心の奥底まで打ち明け合いたいような貴いひとときが……。

だからだろうか。

学科は出来ないけれど、持ち物や学用品の贅沢さ、ハイカラさで、目立ってい

る少女が、

「八木さん、八木さんてば――。」

と、頓狂な声で、洋子を呼んだ。

「なあに？」

「お話はちがうけれど、あなたの重大事件よ。」

こう言って、級友達の顔を見廻してから、

「あのね、四年の克子さんが、あなたの大河原さんに、凄いのよ。しっかりなさってよ。」

「まあ。それいつのこと？」

と、はたの者が、洋子よりもびっくりした。

「さっきだわ。そりゃあ、とても大変なの。」

一級下のくせに、なにかと五年生を出し抜くような克子に、みんなもぼんやり反感を持っている。

それに、五年生の気が合った時だから、自分のことのように騒ぎ出した。

洋子は反って羞《はにか》んで、

「なんでもないのよ。仕方ないことよ。」

「そんな、お上品なこと言ってらっしゃるから、克子さんに侵略されるんだわ。」

「そうよ。克子さんなんかに、大河原さんを渡すくらいなら、私も運動はじめてよ。……八木さん、よくって？」

「ほんとね。絶対に、三千子さんを守ってよ。こうなると、五年生の意地だわ。」

「だけど、いつの間に、そんなことになったの？　克子さんて、すばしっこいのね。」

肝腎の洋子をそっちのけにして、てんでに克子を非難した。

ちょうど、四年の生徒が廊下を通りかかると、

「ちょっと。」

と、飛び出して行く者があった。

「頼みたいことがあるの。そこに待っててね。」

「ええ。」

四年のひとは、五年の者の勢いに気を呑まれて、おとなしく立っていた。

五年のその少女は、皆のところへ戻ると、小さなメモを破いて、なにか走り書

きすると、

「どう?」

と、洋子たちに見せた。

「花園を荒す者は誰ぞ!　五年有志」

ただ、それだけ書いてあった。

「まあ。困るわ、あたし……、ね、止《よ》して頂戴。」

と、洋子は真剣に止めたけれども、

「大丈夫、大丈夫。八木さんの名前じゃなく、五年有志だから、いいじゃないの。」

そして、洋子を振り放して、快活に笑いながら、廊下へ出ると、四年の子に渡してしまった。

「あなたB組でしょ。これを、あなたの副級長さんにお渡しして頂戴。きっとよ。」

四年のひとを見送って、わっと拍手する者もあった。

洋子は級友の騒ぎのなかに、ひとりしんと静まって、皆の親切がうれしいような、また寂しいような……。

誰の顔も見られなくて、さしうつ向いていた。

三千子は、校舎の裏庭の木蔭で、洋子の出て来るのを待っていた。今日はとうとう、洋子と顔を合わせる機会がなく、待ち合わせの約束をすることも出来なかった。

それに、洋子が牧場の家へ移ってからは、帰る道も前とちがってしまったので、あの赤屋敷の庭で落ち合うにも、都合が悪い。

校門を出て行く人々を、ひとりも見落すまいと、見張りながらも、もしや洋子姉さまは、先きにお帰りになったのじゃないかと、不安でたまらない。

もう一度、お教室の前まで戻ってみようかしら。そう思って、芝庭の方へ廻ると、ちょうど、五年生のひと群が、二階から下りて来る。

三千子はどきっとして、そこの木蔭へ逃げようとしたけれど、もう見つかってしまって、その場に立ち竦みながら、赤くなっていると、

「八木さんなら、いまいらっしゃるわよ。」

と、やさしい言葉をかけて行くひとがあった。

三千子は、うっかりうなずいて見せて、また頬が熱くなった。

そこにそうしていた三千子を見て、八木さんを待っている子だと、当然のことのように、五年のひとの思ってくれたのが、三千子は無性に嬉しかった。

「お姉さま、まだかしら。」

じっと待ち切れなくなって、三千子が靴にカヴァをかけて、建物のなかへ駈けて行くと、薄暗い曲り角で、突きあたりそうになったのは、洋子だった。

「あら、三千子さんなの。」

「あたし、さっきから……。」

「まあ、ごめんなさいね。お約束出来なかったから、きっと、もうお帰りになったと思って、少し用をしてたの。」

「だって……。」

「だって、どうしたの。」

「一度もお姉さまに会わないで帰るの、いや。」

「ごめんなさい、悪かったわ。」

三千子は、こらえていた悲しさが、いちどきにどっと溢れて、急に啜《すす》り上げた。

わけ分らずに甘える気持――。

「まあ、どうなすったの？　誰か意地悪したの？」

三千子は拗《す》ねたように、首を振りながら、

「お姉さま、ごめんなさいね、ごめんなさいね……。」

「どうしてなの。」

「お姉さま、怒ってらっしゃるんじゃない？　あたし、克子さんと……。」

洋子は、白い頰に、美しい血の色を見せて、

「いいのよ、いいの。なんとも思ってないの。三千子さんが、私ばかりじゃなく、外の人にも好かれるのは、嬉しいのよ。自分の誇りのように思うの。」

三千子を困らせないために、洋子が上手に云ってくれるのだと思うと、三千子は無茶苦茶に泣きたい。

母に甘える幼児のように、慰められれば慰められるほど、涙の止らぬ三千子を、

「私は三千子さんの気持、ちゃんと分ってるんですもの。怒るなんて、そんな……。気にしないで、いいのよ。さあ、洗面所へ行きましょう。」

と、洋子は三千子の手を持って歩き出した。

生徒のいなくなった校舎は、気味の悪いほど、しいんとして、どこかの教室から、澄んだピアノの音が流れて来る。

「ああ、きっと、マダムよ、あの曲……。」

洋子は、「あたしの好きな、牧場のお嬢さん」という宛名で、この夏くれた、労りと励ましの手紙を思い出すか、瞳の色の深い眼を、星のように瞬かせた。

その眼で、三千子にも微笑んで、

「さあ、三千子さんが泣いたりしたら、お日さまがびっくりなさるわよ。ね？」

三千子は顔を隠したまま、ぱっと駆け出すと、洗面所へ行って、顔を洗った。

一度笑った顔を、鏡へ写してみて、それから安心したように、廊下へ戻った。

洋子の傍には、いつの間にか、五年生のひとが立っていて、なにか話している。

「方々捜したのよ。お玄関見たら、まだ名札が裏返してないので、きっと、どこかにいらっしゃるんだろうと思って。」

「そう、ありがとう。」

そして洋子は、三千子に詫びるように、

「あのね、マダム・セン・ピエルがお呼びなんですって。多分、仏蘭西《フランス》語のことだと思うの。だから、本当に悪いけど、ね、今日だけひとりで帰って頂戴。坂の下まで送ったげる。」

三千子は今笑った顔が、また変になりそうで、そっとうなずいた。

上靴《うわぐつ》を替えに、洋子は五年の入口の方へ、駈けて行った。

三千子もその方へ、しょんぼり歩いていると、

「あらア、三千子さん、まだ残ってらしたの？　待っていて下さったの？」

応接間の横の狭い入口から、二三人の級友と、賑やかに出て来た克子——。

「さあ、一緒に帰りましょうよ。」

自分を待っていてくれたものと、克子はひとりできめている。

「あたし？　あたし、ちょっと御用なの。どうぞ、お先きに。」

と、三千子が口籠っているところへ、洋子の姿が見えた。

克子は、つんと頰を硬《こわ》ばらせると、眼に烈しいものを燃やして、

「あの、八木さん、さっきのお手紙、確かに拝見しましてよ。……荒されないように、あなたの花園を、鉄条網で囲っといて下さいな。」

と、皮肉な調子で云って、級友と眼を見合わせると、

「ねエ。」

洋子は、湖のような静かな顔で、克子には、なんにも言わなかった。

ただ、自分をじっと見つめる三千子に、

「ではね、さっきのこと、よく分ったでしょう。私、直ぐマダムのお部屋に行くわ。三千子さんは、お連れが出来たから、そこまで御一緒なさってよ。」

そして、洋子は素直に向うを向いて、立ち去ってしまった。

なんの不安も怒りもなさそうな、その後姿……。

三千子は、どこをちょっと触られても、わっと泣き出しそうな気持で、じっと立っていた。

「さあ、行きましょうよ。」

勝ち誇った克子の声に、三千子は返事もしないで、克子の顔を、ふと見上げたが、なんと思ったか、さっと独りで、一目散にその場を駈け出してしまった。

小砂利を蹴る音だけが、三千子の切ない心を伝えるように……。

秋晴れの日々に、どのクラスでも、運動会の準備。

不断、教室のなかでは、余り大きい顔の出来ない人びとが、こんな催しには、急にひとりで人気をさらったりして、学業、操行の優等組は、却って影が薄くなる。

「まあ、よかったわ。あんたが白に入っていて下さって。」

「今年は、白の方が形勢がいいわよ。二年でも、四年でも、白組の方に、いい選手が揃っちゃってるのよ。」

「ああ、うれしい。克子さんも白だわ。」

二百米《メエトル》の選手の経子は、色糸で頭文字《イニシアル》を縫い取った運動シャツに、ランニング・パンツという恰好で、全校リレエの選手の顔ぶれを、通振って、級友に説明しているところ。

「赤組にも、なかなかいいのがいてよ。大河原さんだって、チビだけれど、相当だわ。」

「平気よ。あのひと、耐久力がないもの。」

「だって、短距離ですもの。スタアトがうまくて、敏捷《びんしょう》だから、牽制《けんせい》しないと

――。」

そんなことを言い合っている級友を、経子は鼻の先で笑って、

「あの人なら、安心なものよ。だって、三千子さん、この頃、とても沈んでんのよ。駈けっこなんかに、勝ちたくはなさそうよ。」

「でも、そんなの、個人的感傷でしょう。いざ、全校のレエスとなったら、却ってそういう場合には、不思議な力が出るものよ、警戒しなくっちゃあ――。」

そこへ、ピリピリっと、集れの笛が鳴った。

あちこちの木の下や、ベンチから、小鹿のような脚が飛んで来る。サロメチイル[1]の匂いを、ぷんぷんさせたり、古風なヨジュウム[2]で、真黄色に両脚を染めたりして。

「では、もう一度、舞踊体操、(波)を練習しましょう。美しい波の線を出すように、注意して下さい。」

こう言って、二階堂出[3]の若い体操の先生は、運動場の脇の雨天体操場へ、自分だけ入ると、ピアノを叩き出した。

風の出た校庭に、一年生達の黒髪は輝き、伸びた脚は、海の波頭を思わすよう

に、リズムに乗って、高く低く、若い命に揺れた。

一年の舞踊体操の練習が終ると、入れ替って、五年の二組が、校庭に出て来た。手に手に、紙の花を翻して——。

「あら、今年は五年なのね、見たいわ。とてもいいんですってよ（花のダンス）って。」

と、給水場へ駈けつけてからも、振り返って、誰かが言う。

顔を拭いたり、上着を着たり、体操の前後はいそがしい。

三千子は、自分ひとりのために、五年生と四年生とが、対立しそうな勢いになっているということを知ってから、毎朝、登校するのさえ心が重く、洋子に会うのも、苦しさが先立つ。

それなのに、尚更人目を惹くように、自分にまつわりついて来る克子、おまけに毎日の手紙で、心の静まる隙もない。

「いいのよ、いいの。……私は三千子さんの気持、ちゃんと分ってるんですもの。」

と、洋子姉さまは、慰めて下さったけれど、どうしてか、この頃は、結び文ひとつ渡しては下さらない。

廊下ですれちがっても、寂しそうな深い眼もとで微笑むだけで、いつでも、本を開いていらっしゃる。

その上、仏蘭西語《フランス》を、学科の外にも、マダムの部屋で、お稽古していらっしゃるので、お帰りは日の暮れになってしまう。

なにもかも、三千子には、もどかしいことばかり……。

「お姉さまこそ、もうあたしなんか、忘れておしまいなんだわ。」

上着を着て、靴を替えて、三千子たちが廊下へ入って行くと、まだ二階からは、五年生が二人三人、皺になった花を持って、急いで下りて来る。

洋子がまじっていないかと、胸をどきどきさしていると、級友の一人が、

「大河原さん、五年の八木さんは、白？　赤？」

「さあ、知らないの。」

「あら、どうして？」

と、不思議そうに三千子を見る。

エスと呼ばれる以上、相手の靴下のインチから、お弁当の内身《なかみ》、日曜日の行動

まで、すっかり知っているのが、当然だと言わぬばかりに――そんな無遠慮な質問をされるのが、この頃の三千子は、一番辛い。

「知らない。」

と、ひとつでも言うのは、三千子にも侘《わび》しいけれど……。

洋子姉さまのことなら、あたしが専門よ。――こう正面から見栄を切って、威張ってみたいけれど……。

「あの、八木さんも、組分けは赤よ。」

と、ひとりが三千子に教えてくれた。

「まあ、うれしい。」

三千子は思わず胸を抱えた。

「でも、あの方、レエスには、ひとつもお出にならないんですって――。赤十字なのよ。」

「まあ、大山さんのお詳しいこと。」

「だって、大山さんたら、五年にお姉さまがいらっしゃるんですもの。」

と、二三人にからかわれて、大山という子は、

「あら、うそよ、うそよ。ひどいわ。」

と、背の高い体を曲げて、逃げるように先きに行ってしまった。

「あら、八木さんが赤十字なら、あたし、早速気持が悪くなって、介抱して貰おう。……三千子さん、いい？」

「あたしはどうせ転ぶにきまっているから、いや応なしに、八木さんがお薬つけて下さるわ。」

などと、今度は、三千子をからかい出した。

しかし、そのじょうだんめかした口調には、半ば真剣な本心が響いて……。

三千子も赤くなりながら、心のなかで、自問自答してみる。——クラスのお友だちが、こんなに、あたしのお姉さまを慕うのは、あたしだって、うれしいんですもの。お姉さまもきっと、あたしが上級の人に好かれるのを喜んでいて下さるのよ。

克子さんのことなんか、本当に気にしていらっしゃらないから、あんな静かな顔でいられるのに、あたしは、ひとりで思い過してばかりで、なんて気の小さい、汚い心でしょう……。

肥った小使いのおばさんが、草履を曳きずって通る。

「あら、お鐘だわ。」

後一時間。今日こそ、どんなに待っても、お姉さまと帰ろう。

日の短い秋の空に、いい雲、白い浮雲。

港の海にも、冬を呼ぶかのような、雲の色、日の色――。

9
赤十字

ミス・ライトが、とうとう昇天された。——朝の霧が、そのまま静かな秋雨になった日に。

日本には一人の身寄りもなく、死の間際まで、ただもう、学校のことや、生徒たちのことを思いながら、大勢のマダム達の祈禱《きとう》のなかに、清浄な生涯を終った。

生前の望み通り、学校の御み堂で、教え子の少女達ばかりの手で、校葬だった。

墓地も居留地の丘……。

大理石の墓碑にも、どんなに異国の乙女達を愛していたかという言葉が、きっと刻まれるだろう。

そして、そのお墓は、ミス・ライトの故国の英吉利《イギリス》の船も出入りする港を、丘の上から永久に眺めていることだろう。

しかし、そんな悲しみのうちにも、運動会は、三四日の後に迫って来た。

「三千子さん、しっかりしましょうね。ミス・ライトも赤組だったのよ。……あの方のためにも、きっと勝って、お参りしたいわ。」

もうこのごろは、クラスの中も、はっきり赤組と白組に、二分されて、遊びのグルウプまでが、この組分け通りになってしまった。白組の経子たちは、赤組の三千子たちから、急に遠く離れたよう――。

「ほんとね。勝ちたいことは勝ちたいけど、でも、競争に勝つばかりが、えらいのじゃないわ。」

と、三千子は言ってみたくなる。

経子たちが、競争にさえ勝てばいいという風に、敵愾心《てきがいしん》を燃やして、なにかにつけ反目するのは、どうかしら。――こんなこと思うのは、洋子姉さまの心を、三千子も真似たようで、少うし生意気かもしれないけれど。

「さっきもね、食堂へ、あたしがパンを註文に行ったら、黒板の前に、経子さん達の白組が陣取っていて、あたしの註文を、なかなか書かせてくれないのよ。そのうちお鐘でしょう。とうとう間に合わないの。」

選手の大山が、三千子にそう言った。

「いやアね。」

運動会なんか早くすんでしまえばいいと、三千子は思った。

「もっとひどいのよ。四年のB組ではね、五年のA組の競技には、一切拍手もしないんですって。そういう申し合わせをしたんですって。」

「嘘。そんなこと、嘘だわ。」

と、三千子は青ざめ、真剣に首を振った。

「ひどいわ。」

克子さんの意地悪、あんまりだわ。――そういうことも、克子のひとを抑えつける権力と、負け嫌いな強い気性から、出たのだと思うと、三千子は怖かった。

そんなひとを、信じられるものか。慕えるものか。

三千子は始業のしらせも聞えなかった。ぼんやり立っている三千子の傍を、みんなが教室へ入って行く。

駈け出すのは、たいてい下級生で、四年五年になると、運動場の遠くにいても、少し気取って歩いて来る。校服はもう大分着古しているけれど、さすがに上級生らしく、水兵服《セエラア》の白い線《ライン》だけ取り替えたり、スカアトの襞《ひだ》を畳み直したりして、

どこか身だしなみを見せている。

教室へ入ると、三千子は直ぐ、ちょっと机の蓋をあけてみる。いつかしら出来た癖。そこに、洋子姉さまの手紙が入っていはしないかと思って……。

その時、三千子の隣りの子が、あわてた様子で、

「あら、あたし、地理の本忘れて来たわ。」

「一緒に見ましょう。今日は、標本を見せていただくんだから、御本なくても、大丈夫よ。」

と、三千子は友だちを慰め顔に、本を出そうとすると——無い。どこを捜しても、教科書はない。

「あら、困っちゃったわ。あたしもよ。」

入学以来、こんなことは一遍もなかったので、三千子はすっかりまごついてしまった。

「じゃ、あたしの貸すわ。あたし達も二人で見るから、いいわ。」

と、後の席から、大山が教科書を渡してくれたので、三千子はほっとして、ノオトを開いた。

強度の近眼鏡を、ぎらっと光らせた先生が、生憎《あいにく》と三千子に、

「大河原さん、この前のところを読んで下さい。」

それで、二人も教科書を忘れて来たことが、分ってしまった。

先生は不機嫌そうに、教室をじろじろ見廻して、

「大体、教科書を忘れるなどというのは、武士が刀を忘れるに等しいことで、教室に大きな顔で坐っておれるもんじゃない。第一、先生に対しても失礼だ。――この頃は、どうも授業時間中に、みんな落ちつきがないようだ。運動会があろうと、その準備のために、学業がおろそかになるようでは、職業的な運動選手と同じで、困りものだ。とにかく、忘れた人は立っていなさい。」

いつもは、こんなに叱る先生でないのに、今日は虫のいどころが悪いらしい。

三千子と並んだ子は、三千子と顔見合わせて立ったが、うしろの大山まで、一緒に立った。三千子は気の毒になって、

「先生。大山さんは忘れたのではありません。私たち二人とも忘れましたので、大山さんは、御自分の本を貸して下さって、それで御本がないんです。」

「うん、よろしい。」

先生は少し顔色が和らいで、

「よろしい。三人とも席に着きなさい。これからは注意して――。」

先生の仰しゃった通り、自分もやっぱり、運動会でそわそわしていて、本を忘れたのだろうかと、三千子は思った。

さっきは、えらそうに、三千子ひとりは、運動会の勝負なんか、超越しているつもりでいたのに……。

立たされている大山や三千子を、白組の経子たちが、いい気味だという風に見てやしなかったか。

そうなると、三千子もまた、赤組が勝ちたくて、体のなかが熱かった。


そんなにまで、この秋の少女の心を賭けた運動会。

宝石でも降って来そうな、美しい晴天。

プログラムは予定通り進んで、いよいよ四年生の買物競走――滑稽《こっけい》な余興みたいなレエスなので、人気がある。

スタアト・ラインから、五十米《メエトル》のところに、封筒が置いてある。その先き五十米《メエトル》のところに、大きいメモが畳んである。第一の封筒には、八百屋、魚屋、肉屋、炭屋、パン屋などと、それぞれ買物の範囲が指定してあるので、それに従って、第二のメモのところで、例えば八百屋の封筒に当った者は、大根、人参などと書いた、メモを捜し出す。そこで、なかなか手間取る。走るのばかり早くても、買物の仕方が下手なら勝てない。

見物席は、競走者のあわてた捜し振りに、気がもめるやら、可笑しいやらで、

「早くウ……。魚屋さんがもう駈け出したわよオ。落ちついてエ。」

腹をよじって、きゃっきゃっ笑いながら、それでも赤組は赤、白組は白へ、銘々自分の味方の応援は忘れない。

封筒とメモの合った者が、ほっとして駈け出すと、また五十米《メエトル》先きに、今度は品物がある。炭屋は切炭の入った籠。魚屋は鯛や鮭の絵。そして、パン屋は、小麦粉と書いた、砂のつまった袋を抱えて行くのだ。

つまり、全レエスは二百米《メエトル》だけれど、その途中に三度、関所みたいなものがあるので、見物は面白い。

五十米《メエトル》の封筒まで、一番に駈けつけた者が、百米《メエトル》のところで、八百屋のメモを

捜すうちに、どん尻になり、百五十米《メエトル》の品物では、三番に食い込み、最後の五十米《メエトル》の走路で、四番に落される——という風に、変化があって、おしまいまで興味を持たせる。

「さっきの八百屋さんの恰好、人参や菜っ葉を、なにもあんなに、大事そうに抱えこまなくたってねエ。おかしかったわ。」

「炭屋さんは、案外スマアトだったわね。籠だけ提げればいいんですもの。」

生徒たちは、こんな競走の場合にさえ、スタイルのよし悪しが、かなり気にかかる。いくら一等になっても、変な恰好で駈けたのは、余り褒めない。

父兄席では、不断学校へ参観に来たこともないお父さんや、余り日光に当ったことのないお母さん達が、わが子の姿を目で追いながら、お互いに、よその子供の、褒めっこの競争をしている。

今、スタアトを切ったのは、B組——克子も入っている、三番目の一組。

決勝点の横の天幕《テント》には、赤十字の旗が翻っている。

そのなかには、衛生係のマダムが三人、校医、看護婦、五年の赤十字班五人、洋子も腕に赤い十字のマアクをつけて、グラウンドを見物している。

陽に負けて、頭痛を訴える生徒に手当てして、教室へ連れて行ったり、一等の旗を摑むと同時に、脳貧血を起した生徒を、担架に載せたり、洋子は凜々しく働いて、この秋日和に汗ばむくらい――。

誰かが耳もとで囁くように、

「今度の組は、克子さんも入ってるわ。」

「そう？」

洋子はなにげなく答えながら、やはり心にかかって、天幕《テント》の外へ出て見た。

さすがに克子は、第一の封筒も、真先きに駈けつけて開いた。その次のメモも、素早く買いものを選び取った。後は品物を持つだけだ。

そのあざやかな競走振りに、見ている洋子も胸がすくようで、日頃のことも忘れ、やはり克子に勝たせたい。

洋子がそう思わなくとも、当然一等にちがいない克子――百五十米《メエトル》を、先頭切って駈けて行く。

しかし、直ぐその後から、二人、懸命に追って来る。ぐんぐん追って来る。あっ、三人がすれすれに並んだ。

と思う間もなく、克子は、パン屋の袋につまずいて、前にのめった。続いて、一人、また一人、克子の上に折り重なって倒れた。

しいんと、不気味なものが、運動場全体に拡がるような瞬間——。

その間にも、後から来た幾人かは、品物を抱えて、決勝点へ駈けて行く。けれど、倒れた克子は動かない。

「行ってみましょう。」

赤十字の洋子達は、はっと顔見合わせて、天幕《テント》から、ばらばら駈け出した。

近づいて見ると、後から転んだ二人は、もう塵を払って、歩き出した。けれど、下敷きになった克子は、ひとりでは起き上れない。

洋子が肩を抱いて、

「どうしたの？　さあ、つかまって。」

と、うつ伏した克子の顔を、覗いた時である。

「あら、血が、大変よ。」

看護婦も手伝って、克子は、直ぐ担架で運び去られた。

そして一方、もう次の組のスタアトが切られた。少し血のついた小麦粉の袋は、整理員の手で、無造作に並び替えられた。

この手早い処置のために、見物席の人々は余り気にしないで、次の競技に笑い興じている。

しかし、赤十字の天幕《テント》のなかは――。

克子の鼻血を拭いたり、額の傷を消毒したりしている看護婦に、

「ことによると、肋骨《ろっこつ》をどうかしているかもしれん、ひどく胸を打ったから。」

と、校医が囁《ささや》いて、診察を続けた。

マダムの顔色が変った。一人が医務室へ飛んで行った。

目立たぬように、天幕《テント》の裏口から、克子は担架のまま、校舎の内へ移された。

マダムや洋子が附き添って――。

グラウンドの赤十字の天幕《テント》が、急にからっぽになるということは、なにか不吉な出来事を、人に感じさせる。折角の晴れの日に、来賓まで心配させては悪いので、校医は応急の処置を取り、しばらく安静を命じておいて、一先ず天幕《テント》へ戻った。マダムも代る代る見舞うことにして、洋子一人をそこに残すと、やはり出て行ってしまった。

今は傷ついた克子と、赤十字の洋子と、二人っきりで……。

灰色の、飾りのない部屋。運動場の花やかなどよめきが聞えて来るので、尚寂しい。

あんなに外は美しい日なのに、このなかは薄ら冷たい秋。

古い壁の隙間から、こおろぎでも飛び出しそう――。

洋子は、たった今の悪夢のような、ほんの一瞬の出来事を、思い返してみる。

「どう、まだ痛いの？　少しお寝みになれないかしら？」

と、やさしい言葉をかけてみても、克子は答えない。

額は繃帯に巻かれ、胸に氷をあてている。少うし浅黒く輝くような顔色が、白っぽく青い。

勝気な輪郭で、いつも派手に匂う唇も、ぱさぱさと紙のように乾いている。

「心配なさらなくても、大丈夫よ。ねエ、眼をつぶってよ。少しお眠りになると、お元気が出てよ。眼をあいてちゃ、いけないの。」

しかし、克子は虚ろな眼を、大きく見開いて、天井をみつめたっきり……。

「やっぱり、こんなに怪我《けが》してまでも、気の強い克子さんは、あたしを、敵視してらっしゃるのかしら？　あたしに介抱されるのが、くやしいのかしら？」

と、洋子は思って、椅子にそっと腰をかけた。

近くの木の葉に、風の音が時雨のようで、窓を微かに叩いて散る葉もある。

「眼をつぶってよ。」

今度は克子も、物憂そうに瞼《まぶた》を合せると、うとうとしはじめたようだ。

熱のためかもしれないけれど、柔かい血の色が、ほのぼのと頬に浮き出した。いつもの克子とは、別人のよう……。

綺麗だが、頼りない。

マダムと受持の先生が入って来た。

「どなたか、お宅から来ていられるんでしょうね。八木さん、父兄席へ行って、お宅の方がいらしたら、お連れして下さい。」

洋子は駈け出すと、一年の控所へ行って、三千子を捜した。

ちょうど、競技の終ったばかりらしい三千子は、ジャケツを肩にかけて、足を揉みながら、休んでいるところだったが、

「あらア、お姉さま、くやしいのよ、二着。上手に転んで、お姉さまに看護して貰おうかしらと思ってるうちに、スタアトを、しくじっちゃったの。駈け出すと夢中で、お姉さまのこと忘れちゃって、転びそこなったし、二着だし、三千子つまんないわ。」

と、明るく甘えて来たが、

「まあ、お姉さまの冷たい手。どうしたの。なにか御用？」

「ええ。あのね、克子さんが、さっきの買物競走で、お怪我したの。お家の方がいらしてたら、病舎へお連れしたいから、一緒に捜して――。三千子さん、軽井沢で、克子さんのお家の方、知ってるわね。」

三千子も、洋子の様子にただならぬものを感じると、黙ってうなずいた。

「それからね、三千子さんが傍にいてあげたら、きっと克子さんも、喜ぶと思うの。」

「ええ。」

洋子の温い思いやりが、細かい心づくしが、三千子の胸にしみた。

「お怪我ひどいの。」

「ううん。だけど、怪我よりも後で肋膜《ろくまく》を悪くしたりすると困るって――。胸を打ったから、心配らしいわ。」

二人は不安に追い立てられるように、見物席を廻って歩いた。

こうして捜している間にも、克子が急に悪くなって、あの寂しい部屋で、死ぬんじゃないかしら。そんな恐怖まで、心の底を通る。

「いらした、いらした、あすこの裁縫室の前のとこ。お母さまよ。お呼びして来るわね。」

と、三千子は人垣を分けて、急いで行った。

洋子は、あたりの賑かな人声のなかに、ぼんやり立っていた。自分ひとりの胸の言葉を聞くように……。

今まで自分のしていたこと――三千子を自分一人の妹のように、思いきめて、楽しかった、その独占欲のひそかな喜び。克子に勝っているという内心の誇り。

それを洋子は、反省してみる。

洋子は克子を敵にする気はなくっても、克子にしてみれば、負けた、口惜しい、勝ちたいで、それが克子の心を、どんなに意地悪くしていったことか……。

1988.2.
JUN. NAKI.

この春から、なにかと洋子に突っかかって来た克子――それが洋子に思い出されて、自分も悪かったと、今更悔まれる。

「お姉さま。」

と、三千子が、克子の母をつれて、そこへ戻って来た。

運動会もそろそろ終りの方らしく、赤い風船が幾つも、高い空を泳ぐように昇ってゆく。


「……三千子さん？　三千子さんも来ていて？」

克子が静かに眼を開いた。

もうしばらく休んで、自動車で病院へ移るときまって、先生方は部屋を出て行った。傍に残ったのは、克子の母と、洋子だけ――。

壺に挿した菊の花と、軽い膝掛けを、マダムの使いが持って来た。

「三千子さん、いらっしゃるの？」

と、克子は低い声で、また母に尋ねた。

三千子は上着やお弁当箱を取りに教室へ行っていた。今度は洋子も電話をかけに立って、そこにいなかった。

「三千子さん、今までいらっしたけれど、ちょっと……。直ぐ戻ってらっしゃるでしょう。それより、もう一人の、五年の上品な方が、そりゃ御心配下さって、お母さまを捜してくれたり、三千子さんをここへ連れて来たり、マダムにね、花までおねだりして下さったんですよ。お母さまは、ちょうどお茶をいただいていて、克子の怪我したのも知らなくて、その方達に、いろいろお世話になったらしいのよ。」

「そう。」

克子はそのまま瞼を閉じたが、目尻にぽっつり涙が浮んで来て、

「体の具合が悪いと、なんだか気持が澄むわね。私、怪我してよかったと思うくらいなの。ねエお母さま……。」

と、しんみり話し出そうとしたところへ、洋子が看護婦と一緒に迎えに来た。

「あの、お車が参りましたわ。」

克子は抱えられるようにして、自動車へ入る時に、腰を支えてくれる、洋子の白く長い指を、じいっと見ていた。

「御一緒に行ってあげて！」

と、洋子は三千子の耳に囁《ささや》いて、そっと、車の中へ押し入れた。

そうして、玄関と教室とを行ったり来たりして、洋子は克子の荷物などを、すっかり運んでくれた。

「お大事にね。」

車が動き出してからも、気づかわしそうに立っていた。

病院へ着いて間もなく、レントゲン室へ運ばれて行こうとして、

「今度は、三千子さんが、あたしの夢の番をして下さる？」

と、振り返って微笑んだ。

三千子の気を引き立てるために言ったのだろう。しかし、三千子はどきんとした。

――軽井沢で熱を出した、三千子の枕元にいてくれて、三千子の夢にまで、妬みを見せたほどの、克子の激しい愛情……。克子がこんなになったのは、なんだか自分のせいのような気がする。

詳しい診察の結果、右肺強打、急性肋膜炎になるおそれがある。額の傷も、二

針縫った。

夕方から、またひどく熱が上って、白い繃帯《ほうたい》の下の顔は、目立って痩せたよう
――。

「三千子さん、いる?」

熱に浮されながら、時々呼ぶので、三千子は帰ることも出来なかった。

そうかと言って、小さい三千子は、慰める術《すべ》も知らず、ちょこなんと椅子に坐って、艶のない克子の寝顔を見ていると、なんだか自分が泣き出してしまいそう
――。

夕飯前に、克子のお母さまが病院へ戻ってくれた。

翌る朝、早く三千子が見舞に行くと、克子は案外元気な顔色だった。

「お人形とお花。」

「あら、ありがとう。ちょっと見せて。」

と、克子は三千子の手から、小さい花籠を受け取って、

「まあ、可愛いわね。ドライフラワア?」

「ええ、克子さんの治るまで、花も凋《しぼ》まないように――。」

-KATSUKO-
-1938.2-

「永久花《えいきゅうか》ね。」

と、克子はうなずいて、清らかに微笑んだ。

「あたしね、いろんなこと、ずいぶん反省しちゃった。……御免なさいね。三千子さん。」

三千子はあわてて、真赤になった。

「そんなこと、どうして?」

「どうしてって?　三千子さん、よく分ってるでしょう。私、ずいぶん我儘《わがまま》だっ

たんですもの。」

病気のために、克子の気が折れたのかとも、三千子は思ったけれど、克子の声

には、いつもとちがう、深い響きがあった。

「私ね、私なら――もしも、洋子さんが、私のようにお怪我なさったら、いい気

味だと思ったかも知れないわ。それなのに、洋子さんは、親切に看て下さって、

直ぐ三千子さんを呼んでくれたり……。私なら、三千子さんには、わざと報せな

いかもしれないのに……。」

「そんな話、だめよ、御病気なのに。」

と、三千子は克子の口を抑えそうに、手を出した。

あまりほんとうのことを打ち明けられるのは、なんだか怖い。

克子の洋子に対する気持が、温く溶けたのは、ぞくぞくうれしいけれど、これ以上聞くのは、なんだか恥しい。

三千子の方が、きまり悪くて、まごついてしまった。

強い克子は、こんな時にも、凛々しく立派に、自分の悪いところを、すっかり発《あば》いて見せようとする。

強いというのは、自分を鞭打つのも強く、これこそ真実の強さと云えるのだろう。

三千子は、やっぱり克子を、「えらいなあ、えらいなあ。」と、思い返すのだった。

「私ね、洋子さんにお詫びしたいの。自分でよく知っていながら、洋子さんに、とても悪いことばかりしてたんですもの。許して下さるかしら。」

「ええ、お喜びになりますわ。克子さんを悪く思ってたら、昨日だって、あんなに、お姉さま……。」

三千子は、はっと言葉を切った。克子の前で、洋子を「お姉さま」と呼んで、克子が気を悪くしないか。そう呼びなれているので、つい口に出てしまったけれど……。

「いいじゃないの。三千子さんのお姉さまなんですもの。私だって、お姉さまと呼びたいくらいよ。もし洋子さんが、呼ばせて下さるなら。」

と、克子は眼を綺麗に光らせて、

「洋子さんと三千子さんとの間が、私分らないことはなかったのよ。それなのに……。」

「お姉さまを呼んで来ますわ。」

と、三千子はじっとしていられなくて、廊下を小躍りするように……。

運動会の後片づけで、三年以上は登校、一二年はお休みだった。

病院の前から電車に乗って、三千子が学校に着いた時には、もう大方整頓されて、昨日の装飾に使った、小旗や、色とりどりのモオルや、造花や、聖堂の鐘をかたどった鈴割なども、近くの孤児院へ、例年通り贈るために、一纏《ひとまと》めに束ねてある。

その傍を通って、三千子が洋子を捜しに行くと、五年のひとが、モップでせっせと階段をこすっていた。

マダムが剪花《きりばな》を抱えて、私室へ入ってゆかれる。

三千子は五年のひとに、遠慮しいしい尋ねた。

「あのう、八木さん、どこに？」

「あら、三千子さんなの？　克子さん、どうなさって、およろしい？」

そのひとも、昨日の赤十字班の一人だった。

「ええ、今朝はずいぶんお元気でしたけれど、しばらく、学校はお休みらしいんですの。」

「まあ、とんだことね。……八木さんは、二階のお教室だわ、多分。」

と言いながら、そのひとは自分が先きに立って、洋子を呼びに行ってくれた。

前掛をつけた洋子が、訝《いぶか》しそうに出て来た。三千子は黙って、人影のない廊下へ、洋子を誘うと、

「お姉さま。――とっても、とても、いいお話。」

「なによ。」

「あのね、克子さんが、お姉さまにお詫びしたいんですって。」

「まあ！」

と、洋子は濃い色の眼を、びっくりしたように見開いて、却ってぼんやり突っ立っていたが、もう長い睫毛《まつげ》が、ぱちぱちと顫えて来た。

「昨日《きのう》のことをとても感謝して……。御自分がわがままだったって、お姉さまが堪忍して下さるか、心配してらっしゃるの。会いたいって……。それで、お迎えに来たの。」

「三千子さん、よかったわ。ありがとうよ。」

と、やっと、それだけ言った。そして洋子は、ただ幾度も瞬きながら、だんだん下を向いた。

三千子も、今はもう、うれしいという以上に、なにか悲しいほど、高まった気持だった。

言葉もなく、二人は、大きな塊りに溶け合うような、熱い思いに流されて……。

三千子が洋子から初めて手紙を渡された、この廊下で、二人はまた手を取り合って……。

運動会の日まで、そむき合った小さい乙女心、奪い合った一つの花びら、傷つけ合った愛情、そういう鬱陶しい幾月かを越えて、今日は、綺麗に掃除したように、晴れた日。

「もう、済みましたよオ。」

と、誰かが叫んでいる。

前掛を外した生徒達が、楽しそうに校庭へ出て行く。

10 船出の春

ふたりの歩いている山の手公園も、樹々がすっかり瘦せてしまって——ついこの間までは、日蔭だった小径《こみち》にも、明るく日が射している。葉の落ちたため、遠い街まで、枝の間に見える。

お日さまの暖かさが、ほんとうに感じられるのも、冬の日の楽しさである。お正月の休みの近い或る午後。

「三千子さん、この頃みたいに、あたし晴れ晴れしていることなくってよ……。それにもう、クリスマスも直ぐだし。」

「ええ、あたしもよ。——でも、クリスマスがすむとお正月ね。そして、お正月がすむと、学校の門を、お姉さまは出て行っておしまいになるのね。ほかの誰が出て行ってもいいけれど、お姉さまひとりだけが通れない、魔法の網が張れないかしら。三千子ね、あの銀色の門を、ぴったりしめておきたいわ。」

「そんなこと言って。まだ分ってくれないの？　どうしても、あたしたちが、一生一緒に暮せるものでないってこと……。だけどね、あたしたちさえしっかりしていれば、心と心とは、一生でも通い合えるものだってことを……。」

「だってあたし、心なんて、そんな眼に見えないものに、大事そうに縋《すが》りついてるだけじゃ、頼りないんですもの。」

「まあ？　心こそ大事じゃないの？」

「そうだけれど、やっぱりお姉さまの体の傍にいたいの。」

「それはね、三千子さんが、信仰の世界を知らないせいなのよ。」

と、洋子はまるで学校のマダムのような柔かい、そして深い眼で、三千子をじっと眺めたが、その信仰というものを、話してくれるのでもなかった。

ただ、洋子の眼を見ていれば、ひとりでに三千子も、納得がゆくはずだと、そういう風に信じているかのように……。そして、洋子はなにげなく、

「克子さんへ、クリスマスにはなにを贈ったらいいかしら、考えて頂戴。」

「あたしに？」

と、三千子は大きい眼をくりくりさせて、

「あたしね、お姉さまの考えには、なんでも賛成よ。だけど、クリスマスの贈物だけは、誰にも相談しないで、その日まで秘密。」

「そう。」

と、洋子は微笑んだ。三千子は、なにか思い出したような口調で、

「お姉さまと克子さんとが、仲よくなって下さったのは、みんなみんな、お姉さまがえらいからよ。そして克子さんが強かったからなのね。それに……。」

と言いかかって、三千子はきまりわるそうに黙ってしまった。

「どうしたの、それから？」

と、洋子が催促した。

「だって、あたし、うぬぼれやさんみたいに聞えると、恥かしいから……。」

「大丈夫、大丈夫、どんなに三千子さんが自惚《うぬぼ》れたって、自惚れ過ぎるとは思わないから。三千子さんは、自惚れてもいいひとなんだから。」

「あらア、なお困っちゃったわ。――あのねエ、お姉さまと克子さんと、仲わるくさせた因《もと》が、三千子だと思ってもいいの？」

洋子は笑いながら、こっくりした。

「仲よしになって下さったのも、そう？　……だからなの、だからあたし、克子さんとお姉さまに、なにか素晴らしい贈物したいの。考えてるけれど、秘密なの。」

「まあ、なにを下さるのかしら。クリスマスの朝まで、我慢して待ちましょうね。こんな我慢なら、百でも千でも結構よ。」

そこの坂を下りると、洋子の以前の屋敷が近く、往来からその屋根が見えた。ふたりとも、直ぐそれに気づいていたけれど、どちらからも、そのことは言い出さなかった。

洋子が、牧場の新しい家に移って、明るい日を送っているにしても、この大きい屋敷には、洋子の古い悲しみが……。

「克子さんも、だんだん快《よ》くなって安心ね。お休みになったら、一度お訪ねしましょうか。」

「ええ。クリスマスに、お姉さまをお誘いして行きたいわ。」

「そうね。だけど、クリスマスは、あたしにも考えがあるの。いいこと、あたしのクリスマスの贈物は、きっと三千子さんを、びっくりさせてよ。――でも、喜んでいて頂戴。こんないい贈物を三千子さんにあげられるなんて、前みたいな古い家のお嬢さまだったら、とても出来ないことなんですもの。その贈物のなかには、あたしのこの頃考えてる希望が入ってるのよ。――待っててね。」

洋子の言い方が余りに真剣なので、三千子は、その贈物というのが、急に心配になって来た。

どうも、ただの贈物ではなさそうだ。

リボンや、チョコレエトや、人形ではなさそうだ。なんだろう、いったい？

そのクリスマスの日、三千子は日向《ひなた》で、靴を磨いていた。

今、洋子姉さまからの速達便を受け取ったばかりで、その中に書いてある文句を、いろいろに思いながら、じっとひとりで考えていたかった。靴を磨くのは二の次で、ただ、冬の日の光に温まっていたかった。お姉さまのことを考えながら……。

いたずらっ気の多い昌三兄さまも、冬休みに、帰省しているので、お部屋のなかでは、とても物思いなどしていられそうもない。直ぐ、からかわれたり、怪し

まれたりするにきまっている。

靴を磨くふりをしながら、三千子は手紙の文句を、胸のうちでまた諳誦してみた。


三千子さん、クリスマスの祝福を、あなたに心からお伝えします。

あたしの贈物を、どうぞあたしといっしょに、お受け取りに来て頂戴。

今夕、六時までに、聖《セント》アンドレ教会へおいで下さい。

追伸——服装は制服のままでいらして頂戴。このこと特にお願いしましてよ。


三千子は半日どきどきしながら、夕暮を待った。

聖《セント》アンドレ教会。そこに待っている、お姉さまの贈物。

クリスマスを祝う集いのために新調した、ドレスや、リボンや、手提や、みんな三千子は、折角だけれど身につけないで、洋子の手紙の通りに、学校の制服——だけど、せめて靴だけは、よく光った、新しいのを履いた。母は不思議そうに、三千子の仕度を見ながら、

「不断のままで行くの？　八木さんにおよばれしてるんじゃないの？」

「およばれだけれど、でも、制服でいらっしゃいって、特に注意してあるのよ。だから、なにかわけがあるんでしょう、きっと。」

「そう？　なかなか凝ってるのね。だけど、あんなに着るのを楽しみにしてたのに、不断着で行くなんて、三千子は八木さんの仰有《おっしゃ》ることを、感心によく聞くのね。」

「そりゃアお母さま、洋子姉さまったら、思いつきのとてもいい方なのよ。きっと素晴らしいことがあるわ。」

と、三千子も贈物を持って家を出た。随分苦心して見つけたプレゼントだけれど、洋子姉さまの気味の悪いような贈物には、到底かないそうもない。

聖《セント》アンドレ教会は、洋子の牧場からも遠くない、古い教会。神父さまは、かなりのお年のフランス人。教会には、附属の託児所がある。

しかし、そういうことは一切、三千子は知らない。ただ、いつか牧場へ行く道で、「あすこがアンドレ教会よ。」と、洋子から教えられたことがあるきりだった。

それだけに、三千子は教会へ着くまで、華かに美しい、クリスマスの教会らしい情景ばかり、頭に浮かべていた。

往来から奥まった露地のなかに、教会の灯が見える。

門には、十字架をつけた大きな高張提灯《たかはりちょうちん》が、一対かかっていた。

門のなかは、薔薇の花壇が両側に並んで、たいていは、冬枝ばかり尖っているが、そのなかに一本、咲きそこなったような蕾をつけたまま、霜枯れているのもあった。

三千子は、牧師館から洩れる薄明りで、庭のそんなありさまを眺めながら、教会の入口へ入った。

思いがけなく、ひっそりしている。クリスマスの夕《ゆうべ》だというのに、不思議な静けさ。

そこには、暗い明りが一つだけで、受附の人もいなければ、きらびやかな賑わいの影もない。

どこかの部屋で、オルガンの音が聞えるばかり——。

三千子はぼんやり入口に立っていた。お姉さまはどこにいらっしゃるのかしら。

すると、オルガンの音が止んで、人声がし始めた。

そこへ、どやどやと駈け出して来た、一群の子供たち——。三千子はびっくりして、その子供達を見た。そして、その子供達のみすぼらしい身なりや、暗い顔つきに驚いた。

もっと三千子をびっくりさせたのは、その子供達の後から、ぞろぞろ続いて来る、貧しさに慣れきったような、飾り気の微塵《みじん》もない、母親達らしい一団であった。

「まあ！　これがクリスマス？　なんという違いなのだろう、あたしの考えていたクリスマスとは……。」

三千子は、なんとなく顔赤らめて、どうしていいか分らなくなって、その場を逃げるにも逃げられないでいると、

「三千子さんじゃないの？　さあ、早くお上りになって頂戴。」

と、声をかけながら洋子が出て来た。

そして、母と子の一団と一緒に集会所へ入って行く、神父さま達の姿も見えた。

三千子は、物問いたげな眼で、洋子を見た。口ではなんと言っていいか、急には言葉も出なかった。

「三千子さん、びっくりさせて御免なさい。ここはね、由緒のある教会なのよ。いまの人達は、ここの託児所の子供で、今年のクリスマスの祝会《しゅくかい》は、あの人達を中心にすることになったの。それで、日曜学校の方の生徒も、みんな一緒にお祝いするのよ。あたしは、託児所の世話はとても出来そうもないんだけれど、日曜学校の小さい生徒さん達に、少し対話みたいなものをさせる、お手伝いをしたのよ。——どうしてって？　あたし、語学の勉強の合間に、マダムにね、なにかあたしに出来る仕事をお願いしたの。そしたらね、マダムが、少しの間、教会のお手伝いをしてごらんなさいって、神父さまに紹介して下さったのよ。」

「まあ！」

三千子は胸打たれて、またしても、洋子の清さ、美しさを、見つけたように思った。

働くということは、なにも職業婦人になることばかりじゃない。自分の持って生れたものを、上手に活かして使うのこそ、ほんとうの働きというものだ。報酬を得ないでも、自分が少しでも人のために使えるならば、喜んでそのなかに自分を置く。そしてそのことに、しあわせを感じる。洋子はそんな心を、深く胸のなかに植えつけたのか。

「ねえ、クリスマスというのは綺麗な着物を着て遊び廻ったり、沢山のプレゼントを貰うことではないの。自分の喜びも楽しみも、すべてのひとびとと分ち合って、一緒に祝う……自分の持っているものを、貧しい人達に分ける、その悦びを知ることなの。それが、ほんとうのクリスマスじゃあないかしら……。」

夕暮の冷たい壁によりかかって、天の乙女のように澄んだ声で、こう言う洋子を見ていると、三千子は、豊かな家の一人娘として、なに不自由なく育って来たとばかり思われるお姉さまの、まことを求める心の底が、きらきら閃《ひら》めいて、そこに現われたように感じる。

お姉さまばかり雲の上の高い世界へ行ってしまって、なんだか三千子は、取り残されたような寂しさ……。

けれど、せつなく胸にしみこんで来る、敬虔《けいけん》なものは……。

そうだ、これがお姉さまのクリスマス・プレゼント。高いところからお姉さまは呼んでいて下さる……。

三千子は、こんなよい「贈物」を下さる洋子姉さまを、自分のお姉さまと呼べることが、どんなに嬉しかったろう。さっきまでは、いったい、どんな贈物だろうと思って、子供らしく喜んでいたのが、恥しいくらい。——だって、きれいな、大きい、形のある贈物を、手渡されるとばかり思っていたのだもの。

「お姉さま、よく分ってよ。あたしに下さった贈物……。」

それは新しい心の眼……。

外は冬の風が微かに木々を鳴らしているばかり。ほんとうに、あの暗い空から真赤なサンタクロオスのお爺さんが、お星さま達の曳く橇《そり》に乗って、下界の子供のところへ下りて来るような——そんな神秘な夜。

カアンカアンと冴えた鐘が鳴りわたる。さあ、クリスマスの余興が始まるしらせだ。

「早く行ってみましょう。」

「どんな人達が集ってんの？」

「たいていは信者のひとよ。でも、アンドレ教会としての、降誕祭《こうたんさい》の礼拝は、五時半に終ったから、そのまま帰った方もあるわ。それから、信者でない、託児所の子供の家の人も、ただ祝会だけを見物に来てるわ。今年の余興は、貧乏な人達のためというんで、みんな地味な恰好なの。いい着物を見せびらかすことはしないの。」

三千子は、制服で来いという注意が分ると一緒に、今まで考えていた、クリスマスというものの、美しい賑かな、踊りや遊びの愉しさのほかに、ほんとうの意味のあることを知った。

託児所のクリスマス。三千子の夢にも思わなかったクリスマス。

集会所の入口には、花で飾った十字架がさがり、大きな蠟燭《ろうそく》の絵が揺れている。

室内には、中央に大きな暖炉、ところどころに石油ストオヴ——その火を取り巻いて、腰かけている人達の、まあ、待ち遠しそうな顔と言ったら。

子供達はもう待ち切れないで、舞台の幕の裾を捲《まく》ったりして、保母さんに叱られながら、がやがや騒いでいた。洋子と三千子は、うしろの椅子にかけた。そのまわりには日曜学校の生徒たちが、きちんと並んでいる。

もう一度、鐘が鳴った。と、幕があがった。見物席の花電気が、いっぺんに消え、中央のクリスマス・ツリイの飾り電気だけが、青く、赤く、黄色く、星のよ

うに光り出した。

赤ん坊を背負ったおかみさんが、

「ほら、あっちを見てごらん。木に電気の花が咲いているよ。」

と、小さい女の子にささやいた。

舞台は真黒な背景、銀紙のお星さまが、無数に散らばっている。

やがて、神父さまが現われて、

「みなさん、よくお集り下さって、たいへん嬉しい。どうぞ、この祝福の夜を、ゆっくり楽しんで下さい。では余興を始めます。」

と、はっきりした日本語で、簡単に挨拶した。

刺繍のある立派な僧服、慈しみの溢れる温顔――。

三千子は、夏の高原の、大きい靴の、カトリックの牧師さまを思い出した。そして、克子に激しく揺すぶられていた、あの時の自分と、今の自分と、似ても似つかぬ、この心の平和を、今は雪のあろう信濃の、あの牧師さまのところへ、なんとかしらせに行きたいような……。

舞台のプログラムには、

一、エデンの園（対話、A組）

間もなく、鈴《ベル》が鳴り、遠くでピアノが響き、舞台は上から、青く照らし出された。

まんなかに、林檎の実をいっぱいつけた木——。だんだん、照明が明るくなる。

どこかの蔭で、子供の歌声。

花よ、花よ、目をさませ
鳥が鳴いて、夜が明けた。
…………………………

出て来た、子供たちが、歌いながら——花になった子。小鳥になった子。木の実になった子。

「あたしたちは、神さまの小鳥です。神さまの愛の歌を唄います。」

「あたしたちは、神さまの樹です。神さまの恵みの実を結びます。」

洋子が三千子の耳もとでささやいた。

「これなの、あたしの教えたの――。」

どの子供も、とても嬉しそうに、その小さい体を、ちょっと踊りのように動かしている。

蔭では、ずっと歌が続き、エデンの花園らしい気分を漂わせている。

やがて、アダムとイヴが出て来て、悪い蛇の誘惑に負けて、とうとう、神さまに禁じられた木の実を食べてしまう。そこへ神さまが現われて、たいへん悲しそうに、二人を、じいっと御覧になる。

アダムもイヴも、恥かしそうに地にひれ伏す。

「ああ、お前たちは、自分から求めて、苦しみを知ってしまったのだ。さあ、この園を出て、もっと苦しむがよい。そして、自分自身で、仕合わせを探すのだ！」

いつの間にか、電気は暗くなり、花も鳥も木の実も、舞台も消えてしまって、そして幕が下りた。

託児所の子供たちは、さも不思議そうに、舞台を見ていたが、そのうちのひとりは、

「分った、分った。ひとのものを取ったのよ、あの二人。だから、神さまに叱ら

れたのよ。」

と、母親に説明している。

洋子が言った。

「ねえ、三千子さん、今お母さんに話してる子ね、あの子は九つなんですって。だけど、体が弱くて、腰が立たないのよ。でも、お母さんが働きに出るんで、ずっと毎日、ここの世話になっている子なんですってよ。」

「まあ！」

三千子は思わず伸び上るようにして、声のする方を見た。

次は、日曜学校の先生が幕の外に立って、

「今日は、たいへん珍しいお客さまがあります。みなさんは御存じないでしょう、先生も思いがけなかったのですが、今夜、突然に来て下さいました。そして、みなさんに、歌を聞せて下さるという、たいへん嬉しいお報《しら》せです。——さあ、それは誰でしょう。それは——慈善病院、あすこへ養生に来ている、お子さん達です。みんな、少し病気のよくなった、お子さん達です。では、みなさん、どうぞ静かに、お歌を聞いてあげて下さい。」

見物席の人びとは、一斉に顔をあげて、幕のあくのを待ちかまえている。

そして、まあ、なんといういたましい、いじらしい光景を、舞台に眺めたことであろう。

そこに立っているのは、足に厚い繃帯《ほうたい》した子、細い手足の青い子、眼を蔽《おお》っている子、どれも五六歳から、八歳くらいまで——見るからに、いたいたしい子が、五人並んでいた。

お辞儀をして、唄い出した。

……あたしたちが、ねむっているよるも、あたしたちをまもる、きんのほし、
きらきらひかる、おほしさま
……くらいよるも、おそらをまもる、あたしたちを、いつもみちびく、きんのほし……

聞いているうちに、三千子はだんだん眼頭が熱くなって来た。

ふと横を見ると、洋子も泣いている。

その子供たちの、ひたむきな歌、可愛い声。世界中の子供達に訴えているような、その幼い声。

見物席は、しいんと静まっている。

幸薄い子供たちの歌は、天のお星さまにも届いたであろう。

三千子はたまらなくなって、洋子の手を握ると、

「お姉さん、こんないいクリスマス、ありがとう。」

「三千子さん、分ってくれた？　美しいものだけの世界でないってことを……。あなたはいつまでも、あなたの仕合わせを、大事にしてね。」

三千子は素直にこっくりして、

「あたしの贈物、もう、お姉さまにあげるの、困っちゃったわ。」

「あら、いやよ、あんなに、あたしを今日まで我慢させといて……。」

「笑わないでね、だって、あんまり子供っぽいもの。」

と、三千子は、濡れた睫毛を拭きながら、白い箱を渡した。

「ありがとう。いい、ここで見ても？」

洋子は楽しそうに、箱を開いた。細い銀の鎖のついた、銀のロケット。それに

添えた、チョコレエトのクリスマス・ハウス。

「なんてお礼言ったらいいかしら、このロケットは、きっと、あたしの守り神さまになって下さるわ。ほんとうにありがとう。」

三千子は胸がいっぱいだった。


三学期も終りに近づいた学校は、なんとなく浮足立っている。船出の前の港のよう――。

送るもの、送られるもの、この二つの感情が、乙女達の心を、縫い乱している。

校庭の隅では、幾組かのエス同志が、限りある日々、残り少い日を、惜しみ合っている。

克子は病院をこの間出たけれど、まだ登校はしていない。

そのために、洋子と三千子とは、なんの懸念もなく、毎日睦み合えるわけだけれど、思いやりの深い洋子だけに、克子が見ていないからと云って、その人を傷つけてはならぬと、三千子への態度にも、控え目なものがあった。

もしかしたら、克子も洋子の心持《こころもち》を知って、わざと登校をおくらせているのじゃないかしら……。

卒業生の一団は、ものいいまで、急に大人びたように、溢れる夢を、さまざまに語り合っている。

港の海から、春の光を乗せて来る、微風も肌に柔かい正午過ぎ、

「ああ、あと一週間、この頃、先生方もちっとも怒らなくなったわね。」

「それどころか、私は皆さんを厳しく叱ったことが、往々あるけれど、みんなそれは、あなた方が可愛いからですよ——なんて、慰撫《いぶ》につとめてらっしゃるのね。」

「あのお作法の先生が、一番みごとな転向振りね。」

「だって、あんなやかまし屋なかったわ。でも、もう、叱って下さるひとがいなくなると思うと、寂しいわ。」

「あら、いやだ。これからこそ、益々お母さま達の眼が光るし、うるさい世間の批評は複雑で、容赦ないし。」

「そのうちお嫁入りして、今度は向うの人に叱られ通し——じゃなくって?」

「まあひどい、覚えてらっしゃい。」

追いかけて背なかを叩いたり、ひやかし合ったり、一体に生徒は、はしゃぎ過ぎているようだ。学び舎を巣立つということが、遠い異国に船出するようで、この年頃の乙女の感傷を、一層つのらせているせいであろう。

「A組ではね、専修科へ進む方が、半分もいるんですって。それから、就職希望の人も、かなりらしいのよ。あたし達のB組ときたら、野心家が少いらしいのね。花嫁学校志望のひとが、とても多いんですもの。」

「あんなこと言って、とぼけてるけれど、山田さんたら、ちゃんと婚約の方がきまってらっしゃるんですって、専らの噂よ。」

「嘘、嘘ッ。」

と、山田は真赤になって逃げて行った。

そのまま校庭の外れまで駈けて来ると、洋子に会った。マダムに仕えている、白い帽子のアマさんが、洋子の後から、大きな包みを提げてついて来る。

「八木さん、なにしてらっしゃるの?」

「ええ、ちょっと。」

と、洋子はアマを連れて、小使室《こづかいしつ》へ入って行ってしまった。

山田は首をかしげて、暫《しばら》く立ち止っていたが、間もなく鐘が鳴った。

この頃の先生方の様子を見ていると、教え残した教科書を、とにかく終りまで片づけてしまいたいという考えか、生徒のそわそわしてるのを、見て見ぬ振りで、さっさと、教師としての最後の義務を励んでいられる。そういう方があるかと思うと、また、生徒の浮き浮きしているのが、どうも気に入らないという風な方もあって、

「あなた方は、学校を卒業しさえすれば、もう自分が出来上ったように思いこんでいる人もあるらしい。――しかし、とんでもない、あさはかな考えですよ。あなた方は、まだ、ほんのひよっ子ですよ。先生方は、ひよっ子がひとりで生きて行くための、便宜や手段を、少しばかり教えたに過ぎない。これからなんですよ、すべては。あなた方がどうやって、身につけた先生方の訓えを、生かして使ってゆくかは。――卒業の嬉しいのは分りますよ。先生だって、度々、卒業の気持を味って来たんだから。しかし、ただ楽しいばかりで、そんなにそわそわして、もう試験がないから、勉強なんかどうだっていい――それじゃあ、将来が情ないですよ。試験は一生涯あるものと見なければいけない。さあ、そこで、今日は、ち

ょっとテストをいたします。」

教室はどよめき立った。すっかり安心してしまっているところへ、突然、この「テスト先生」の出現は、生徒達をぎくりとさせた。

「ようし、同窓会や校友会主催で、この『テスト先生』の退職か栄転の集りがあっても、お祝いに出てあげないから。」

と、腹のなかに、恨みの角《つの》を生やしている生徒もあろう。

「どうせ。出来ようと出来まいと、もう通信簿の採点に響きっこないし、どうとも勝手になさいまし。お別れに、ちょっと意地目てみるなんて、先生の悪趣味。」

こんな連中もいるだろう。

しかし、教壇の、「テスト先生」は、生徒の思わくなど、一向おかまいない。生徒の動揺を満足そうに眺めてらっしゃるあたり、ひょっとすると、これは、この先生の毎年なさる、いたずらかもしれない。

「では、問題を書きます、時間は四十分。」
一、仏教の伝来に就《つい》て。

一、フランス革命の遠因及び近因。

一、土佐日記、源氏物語、徒然草《つれづれぐさ》、弓張月《ゆみはりづき》、及び真夏の夜の夢、ファウスト、戦争と平和、罪と罰、以上の作者の名。

「先生、フランス革命だけでも、四十分かかります。」

と、口を尖らせて、不平を言ってみても、しかたがない。「テスト先生」は問題を出すと、教室を出て行ってしまった。暫く、鉛筆を動かす音がしていたが、

「八木さん、八木さん、教えてよ。」

と、小声で呼ぶ者がある。

洋子は笑いながら——もう机を並べて、試験に苦しんだり、なにかと助け合ったりするのも、今日限り……という気がして、ふっと、浅くて変りやすいという、女同志の友情に、淡い嘆きを覚えた。

その女の友情を、あたしと三千子さんだけは、きっと永久に保ってみせる。そんな決心が、別れの日を前にして、泉のように胸に溢れる、今日この頃——。

「洋子姉さま、早く、お写真頂戴よ。」

と、三千子に、さっきも催促された。

「明日出来るの。そしたら、いの一番にあげる。——ほら、この間写したの、このなかにちゃんとね。」

と、洋子は、首から銀の鎖をはずして、三千子に渡した。あのクリスマスの夜の、三千子の贈物のロケット。

ぱちんと、蓋を開くと、そのなかに、頰を寄せて微笑んでいる、二人の顔……。

「これからの長い一生、あたしを慰めてくれる、いいお薬よ。」

「ねえ、お姉さま、これから、土曜日の晩には、きっとお手紙書くと、約束して頂戴。」

「土曜日でなくったって、書きたい時、いつでも書くわ。」

「いや、土曜日の晩は、どんな差支えあっても、きっと三千子を思ってほしい。そのかわり、ほかの日は、三千子を忘れて、お姉さま、沢山お働きになってもいいわ。」

「まあ、そんなことまで考えていて下さったの？　いつまでも、三千子さんの心を、あたしが見失いませんように……。いつだったかしら、あの赤屋敷の庭で、三千子さんを捜した時の寂しさったら。」

「あたしだって、隠れていた時、とても悲しかったの。お姉さまに見つからずに、そのままどうかなってしまいそうで。」

「思い出すことは、みんな楽しいのね。」

洋子と三千子は、静かに歩きながら、過ぎ去った日々の、ひとつびとつの同じ思い出を、大事に胸へ刻みつけるように、細かく話し合った。洋子は、ふと声を澄ませて、

「克子さんは、もう一年いらっしゃるのね。仲よくしてあげてね。」

三千子は、はっと洋子を見上げて、そしてうなずいた。

「克子さんは強いから、三千子さんのことを、お願いしておくわ。三千子さんがやさしくしてあげないと、あの方、また意地っ張りになってよ、分る？」

三千子はまた、深くうなずいた。

誰かが別れの歌を唱っている。

かみともにいまして

ゆくみちをまもり
あめのみかてもと
ちからをあたえませ
　また逢う日まで
　また逢う日まで
かみのまもり
ながみをはなれざれ

「あの歌を唱うと、ひとりでにみんな涙ぐんでしまうの。蛍の光を歌って別れた、小さい時の感傷が、今はもっと深く、胸にしみてくるのよ。」

「お姉さま、あたし、一年総代で、送別の辞を読むの。」

三千子は心のなかに、その日の感激を燃やしながら、お姉さまに、晴れの場所で捧げる、別れの言葉を、いくたびか繰り返していた。

「まあ、なんて嬉しいんでしょう。あたしも、卒業生代表で、答辞を述べるの。上手にしましょうね。あたしは、三千子さんに誓う心で、お答えしてよ。もしかしたら、途中で言えなくなりそうな気がするの。」

「――あたしも。」

芽《め》ぐむ地、明るむ海と空。ふたりはじっと眺めていた。喜びと悲しみとが、二人の体を、春の蕾《つぼみ》のように硬くしている。

その日が来たら、ふたりの言葉は、花のように咲きあい、その匂いは全校をつつむであろう。

〈了〉

用語解説

1　花選び

(1) **すみれの花言葉**　紫のすみれの花言葉は「ひそかな愛」「貞節」「誠実」「愛」など。

(2) **脂肪取り**　顔の皮脂や汚れをとるために用いる化粧用の和紙「あぶらとり紙」のこと。当時も広く使われていたが、学校へあぶらとり紙を携帯するのはおませな女学生だった。

(3) **本科**　日本の教育制度が小学校6年、中学校3年、高校3年に統一されたのは昭和22～23年。それ以前は修業年限の異なる各種の学校が並立し、学校制度もしばしば改変されてきた。本作連載の昭和12～13年当時は、尋常小学校の6年間のみが義務教育で、その後は中等教育機関として中学校、高等女学校、高等小学校、実業学校等があった。このうち中学校と高等女学校は入学試験が難しく、選抜された男女が入学を許された。

本作に登場する学校は実在のものではないが、モデルと思われる私立校はある。その学校では高等女学校へ上がる前段階に「予科」を設け、高等女学校の課程を「本科」と呼んでいた。この場合の「予科」とは尋常小学校5～6年生に相当し、「本科1年」は高等女学校の1年生を意味する。

(4) **女学校**　義務教育である尋常小学校を卒業した女子のための中等教育機関。正式には高等女学校。４年制と５年制があり、おおよそ12歳〜17歳の少女が学んだ。当時の高等女学校進学率は約２割で、良家の子女が通った。国公立校と私立校とに大別できるが、なかでも国立校は「官立」と呼ばれて高いレベルを誇った。概して官立校には秀才タイプが集い、私立校では各学校ごとに特色のある教育方針のもと学園生活が謳歌された。本作の舞台とされる横浜には、外国人宣教師による女子教育機関を母体としたミッションスクールがあった。

なお、女学校１年生である三千子は満12〜13歳、４年生の克子は15〜16歳、５年生の洋子は16〜17歳の見当である。

（5）**開港当時からの古い居留地**　本作の舞台となる都市は特定されていないが、「弁天通」「馬車道」「弘明寺」との地名から、横浜であることが明白である。

（6）**連翹**　レンギョウ。樹高は１〜３メートル。３月〜４月にかけて、小さな黄色い花を細い枝にびっしりと咲かせる。

２　牧場と赤屋敷

（1）**中学**　尋常小学校を卒業した男子のための中等教育機関。高等女学校と同格の学校だが、教育レベルは高等女学校よりも高かった。これには日本国民の母となるべく女子にも教養は必要だが、一家の主たる男子より賢くなっても困るという、一種の男尊女卑思想が背景にあった。卒業生の多くはやがて大学へと進み、エリートとして国家の将来を担った。現在の中学校と区別するために「旧制中学」とも呼ぶ。

（2）**フランネル**　柔らかく軽い毛織物のこと。47ページのように略して「ネル」ともいう。ここではウール地で仕立てた着物をさす。当時の女学生は、学校ではセーラー服などの洋服を着用しており、また放課後もそのまま制服で過ごすことも多かったため、以前ほど着物を着なくなっていた。休日のお出かけに、普段用ではあるが、良い目の着物に袖を通した三千子の喜びが描かれている。

（3）**兵児帯**　へこおび。芯の入っていない柔らかな帯。簡単に結べて体への負担も軽いので、主に男性や子どもが用いる。牧場での場面で三千子と洋子は共に着物姿で登場するが、年少の三千子は兵児帯を締めており、あどけなさが強調されている。一方、年長の洋子は女性用の帯を締めている設定だが、中原淳一の挿絵では洋子も兵児帯姿で描かれている。後に中原が語ったところによると、川端は大変な遅筆で、中原はしばしば、本文のないまま挿絵を先行して描かなければならなかったという。おそらく、この挿絵もそうした一点で、中原自身の好みを反映させたものであろう。

（4）**狭き門**　フランスのノーベル文学賞作家アンドレ・ジイドが１９０９年に刊行した小説で、アリサは女主人公の名。ジェロームと従姉アリサは周囲から祝福された恋人同士だが、神の国に理想を求めるアリサはジェロームの求婚をかたくなに拒む。

（5）**ポオルとヴィルジニイ**　フランスの作家サン・ピエールが１７８７年に発表した名作少女小説。南海の孤島で兄妹のように育ったポールとヴィルジニーの愛と別れを描く。岩波文庫は昭和2年に刊行を開始した日本初の文庫叢書で、日本および世界の古典的名作を手軽に入手できると、インテリ学生たちの必携書となっていた。

（6）ラシャメン　在留外国人の愛人となった日本人女性の呼称。羅紗緬、洋妾とも書く。安政6（1859）年の開港以来、横浜には外国人専用の公娼がおかれた。当初は遊女に限られていたが、やがて愛人として暮らしを共にする女性も現れた。彼女たちはいち早く洋装に身を包み、豪奢な暮らしを享受していたが、世間の目は冷たかった。

（7）紅殻色　べにがら（べんがら）いろ。濃い赤みの茶褐色。

（8）パアゴラ　→パーゴラ＝pergola（英）木材や鉄材を組み、つる性の植物を這わせた棚。屋根部分に植物を茂らせ日陰棚として憩いの空間を創出する。日本では藤棚が一般的。

3　開かぬ門

（1）レヴュウ　→レビュー＝revue（仏）歌や踊りで構成された舞台エンターテインメントショー。ここでは宝塚少女歌劇団（現・宝塚歌劇団）や東京松竹歌劇部（後に松竹歌劇団に改称）を指す。74ページに登場する水の江滝子と葦原邦子は、それぞれ松竹と宝塚の、当時の男役人気スター。女学生の男女交際が禁じられていた当時、少女たちの憧れの芸能人は「男装の麗人」たちで、絶大な人気を誇った。

（2）薔薇は生きている　昭和8年に満16歳で病没した山川彌千枝（1917－1933）の遺稿

集。亡くなる直前までに記した短歌、散文、日記、書簡等を収録する。正しくは『薔薇は生きてる』。彼女の死後間もなく、彼女の母が属していた文芸雑誌「火の鳥」に発表されて以来、数々の版元から出版され、近年も復刊されるなど（2008年、創英社）、長く読み継がれている。連載当時の「少女の友」にも本書の広告が掲載されている。

（3）**ガランデンビイフ**　ガランデンとはフランス料理のガランティーヌ＝galantine（仏）を指すと思われる。これは通常、骨と臓腑を抜いて開いた鶏で野菜や各種の挽肉を包み、だし汁で火を通した冷製料理をいう。ゆえにガランデンビーフとは、鶏のかわりに仔牛か牛肉で包んだものか、もしくは鶏で牛挽肉を包んだものかと想像される。いずれにせよ、学校の友人をもてなす料理としては豪華で、洋子の家がかなりのブルジョア家庭であったことを窺わせる。

（4）**専修科**　高等女学校終了後に置かれた教育機関で修業年限は2年ないし3年。正式には「高等科」「専攻科」と呼ぶ。当時は女子に大学進学の道は開かれておらず、実質的には高等女学校が女子の最終教育機関だった。高等女学校卒業後は、結婚までの数年を花嫁修業で過ごすのが一般的だが、「高等科」「専攻科」に進み、女学校に籍を置いて勉学を続けるケースもあった。（卒業後の進路については本文221ページも参照）

（5）**アマ**　阿媽。中華圏における住み込みの女中・養育係の呼称。この場面では西洋人家庭に雇われた日本人女中を描いているが、当時は日本人家庭においても中流以上では女中を雇うのが一般的だった。日本的な呼称「婆や」「ねえや」を使わず、「アマ」としたところに、国際都市横浜らしい異国情緒が添えられている。

（6）**束髪**　西洋風の結髪。日本髪と違って鬢付け油を使わないゆえ衛生的で、比較的簡単に結える。洋装にも和装にも合うため、明治以降、広く普及した。「マーガレット巻」「夜会巻」など、巻き方は多数ある。

4　銀色の校門

（1）**竺仙**　ちくせん。天保13（1842）年創業の老舗染呉服店。江戸時代から伝わる独特の技術で浴衣、江戸小紋、手拭い等を生産・販売し、現在も日本橋に社屋を構える。上品かつ凝った意匠が特徴で大人の女性の間で高い人気を保つ。竹の絵がブランドマーク。「竺仙」が似合うという描写からは、洋子のしとやかで落ち着いた容姿を想像させる。

5　高原

（1）**アプト式**　↓アプト式鉄道。スイス人アプトの発明した特殊な鉄道。急坂を上下するとき、すべりを防ぐため軌道の中央に歯を刻んだレール（ラックレール）を設置し、車両に取りつけた歯車とかみ合わせてすべりを防ぐ。標高差の大きい信越本線横川駅と軽井沢駅間で採用されていた。

（2）**小田原提灯**　円柱状の提灯で、胴の部分を折り畳むと蓋の部分に収納できる。旅人が携帯しやすいように、小田原の職人が作ったのが始まりといわれている。

（3）**苦力型**　苦力（クーリー）とはアジア系単純労働者のことで、彼らがよく被っていた帽子を英語でクーリー・ハット（coolie hat）と呼ぶ。竹や麦藁で編まれた円錐型の笠で、あごの部分をひもで結ぶ。日本のお遍路さんが被る菅笠もその一種。

（4）**オックスフォウド**　oxford（英）綿織物の名称。厚地だが風通しがよく、夏向きのドレス地やシャツ地として使われる。

（5）**ピケ**　pique（英）織物の名称。綾織と平織を組み合わせて、立体感のある盛り上がった畝を織りだした二重組織の織物。綿の縦畝が多い。厚地で丈夫な生地であることから、夏帽子や婦人服、ブラウス地などに使われる。

6　秋風

（1）**新しき土**　昭和12年公開の日独合作映画。独側監督を山岳映画の巨匠アーノルド・ファンクが、日本側監督を伊丹万作がつとめた。ヒロインには17歳の原節子が抜擢され、彼女の出世作となった。当時、女学生が映画を見ることは、はしたないこととも考えられていたが、日本映画の世界進出を懸けた本作は、日本国民の期待と注目を集めていた。

（2）**草津電車**　軽井沢と草津を結んだ高原列車、草軽軽便鉄道（のちに草軽電気鉄道）。大正15年に全線が開通し、廃線となる昭和37年まで多くの観光客を運んだ。

7　新しい家

（1）**サナトリアム**　↓サナトリウム。結核治療のための長期療養施設。空気がきれいで日当たりの良い高原や海浜に建てられることが多い。軽井沢では大正10年に建設された「軽井沢サナトリウム」が有名。英国人が病院長をつとめ、ヴォーリズが設計した洋風木造二階建てのこの施設は、堀辰雄が昭和8年に発表した自伝的小説「美しき村」にも度々登場し、外国人や裕福な日本人が集う軽井沢を象徴する存在だった。

（2）**ステエン**　↓ステイン。屋内外の木部に使用する塗料。木材に染みこんで着色するので、木の質感を生かして自然に鮮やかに仕上がる。羽目とは平らに張り付けた板張りのこと。シンプルな造りで明るい外観の牧場の家が、以前洋子が住んでいた古い山の手の屋敷と対比をなしている。

8　浮雲

（1）**サロメチイル**　↓サロメチール。外用鎮痛消炎薬。チューブ入りのクリームで強い独特のメントール臭を持つ。スポーツ前後の筋肉ケアや肩こり・腰痛等に効果がある。発売は大正10年11月で、現在も佐藤製薬から発売されている。本作連載中の昭和12年には、新設された後楽園球場の外野席にフェンス広告を出し、世間の注目を集めていた。

（2）**ヨジュウム**　家庭用消毒液である希ヨードチンキの通称。「ヨーチン」とも呼ばれた。現在では無色透明の消毒液が主流だが、当時の消毒液は有色で、希ヨードチンキでは塗布した部分が茶褐色に染まった。ちなみにマーキュロクロム液による消毒法では赤色に染まるため、こちらは「赤チン」と称された。

（3）**二階堂**　日本女子体育大学の前身である二階堂体操塾を指すと思われる。同校は女性体育教師の養成学校として定評があった。

執筆／内田静枝

※用語解説につきましては、以下の方々にご教示いただきました。
学校法人赤堀学園　赤堀栄養専門学校、植木金矢、遠藤寛子、佐藤製薬株式会社、（株）笠仙、学校法人服部学園　服部栄養専門学校、ポーラ文化研究所、横浜雙葉中学高等学校

解説

内田静枝
（弥生美術館学芸員）

『乙女の港』がとうとう文庫本になりました。

本作は日本人で初めてノーベル文学賞を受賞した文豪・川端康成（1899-1972）が昭和12～13年に少女雑誌「少女の友」（実業之日本社）に連載し、女学生の間で一大ブームを巻き起こした作品です。連載終了後は実業之日本社よりただちに単行本化され、爆発的な人気を呼びました。一体どれ程売れたのか、資料が残っていないため正確なところはわかりませんが、私の手元にある版の奥付には初版から五年目にして四十七刷とあり、このデータだけでも、本作が大ベストセラーであったことがわかります。

しかし、『乙女の港』の刊行から程なくして日本は泥沼の戦争にはまりこみ、おそらくは何万部、何十万部と発行されたに違いないこの本も、その大半が戦災で失われてしまいました。

その後は昭和20年代に東和社、ひまわり社、ポプラ社、河出書房などから相次いで刊行されたものの、昭和30年以降は目立った出版の動きはなく、昭和10年代に出版界を席巻した『乙女の港』は、残念ながら忘れられてしまっていたのです。（例外として偕成社のジュニア向けシリーズ『伊豆の踊子』（1965年）に同時収録されたものがあります。）

もっとも、ある時期、たいへんに読まれていた作品ですから、かつての読者に向けて復刻版が国書刊行会（1985年）と実業之日本社（2009年）から刊行され、川端康成全集（第20巻、1981年）に収録されるという動きはありました。けれども、それらは懐古的な意味合いのものや、学術的な必要性によるもので、新たな読者の獲得に主眼を置いたものではありませんでした。

このたび初の文庫化が実現したことで、本作に新たな読者が多数加わることを期待しています。

『乙女の港』は三人の女学生（現在でいうところの中学生、高校生）たちの物語です。愛らしい一年生の三千子《みちこ》と、洋子と克子という二人の美しい上級生とが織りなす人間模様が、国際都市横浜にあるミッションスクールを舞台に語られます。

こう書くと、現在、若い人に人気のライトノベルやアニメの一ジャンルである〈ミッションスクール学園もの〉を思い浮かべる方もいるかもしれません。（今野緒雪著『マリア様がみてる』シリーズなどが有名です）実は、『乙女の港』はいわゆる〈百合小説〉として、一部マニアに知られてきた作品でもありました。今や、日本のマンガやアニメは世界的に注目を集めていますから、本作がこうしたムーブメントの源流に位置することは興味深い現象です。

しかし『乙女の港』は狭いジャンルに限定されることなく、もっと広く読まれてよい作品だと、私は考えています。作家の瀬戸内寂聴氏や田辺聖子氏なども、かつて『乙女の港』を愛読したことを公言していますし、ある時代に、女学生からの圧倒的支持を得ていた作品なのですから、本作には青春小説としてのメジャーな魅力が備わっていると思います。そしてまた、時代を超えた普遍性をも持つと、私はこのたびの文庫化に大いに期待しているのです。

『乙女の港』は予備知識がなくても楽しめる作品ですが、知っていればより楽しめるいくつかの事柄がありますので、ここにご紹介いたします。

掲載雑誌「少女の友」のこと

本作が掲載されたのは実業之日本社発行の「少女の友」という少女雑誌でした。「少女にこそ一流のものを」をモットーに時代時代の著名作家や画家を起用し、主に都市部のブルジョワ家庭の少女に愛読されてきました。創刊は明治41年と古く、昭和30年まで48年もの長きにわたって刊行された歴史ある雑誌です。

この長い歴史の中でも、とりわけ輝いたのが昭和10年代前半の誌面です。内山基《うちやまもとい》（1

903－1982）という名編集長のもと、挿絵画家の中原淳一（1913－1983）、少女小説の女王吉屋信子（1896－1973）らが集結し、レベルの高い文芸趣味と洗練された優美なヴィジュアルで、都会の女学生たちを魅了していました。そこへ気鋭の純文学作家・川端康成が加わり、「少女の友」は黄金時代を迎えたのです。

当時、川端康成はすでに『伊豆の踊子』（大正15年）で世に知られ、『雪国』（昭和12年）を刊行し、文壇において確固たる地位を築いていました。その川端が「少女の友」の執筆陣に加わるにあたっては、編集部の強い働きかけがあったようですが、川端自身も「少女の友」の仕事をおおいに楽しんでいたようです。連載の予告記事では、自分もかつて同誌の読者だったことを告白していますし（326ページ参照）、愛読者集会にもたびたび参加し、投稿欄の選者もつとめています。

ところで、近年、この時期の「少女の友」がリバイバルを遂げています。平成21年に創刊から100年を記念して「『少女の友』創刊100周年記念号」（実業之日本社）が刊行されるやいなや、みるみるうちに版を重ね、ヤフーの検索ワードの上位にもランクインするなど、にわかに脚光を浴びました。最近では、昭和初期を舞台にしたドラマの小道具として使われるなど、「少女の友」が昭和初期の少女文化を知る上で欠かせないものであるとの認識が広まっています。

中原淳一のこと

物語をより美しく彩ったのが画家の中原淳一です。『乙女の港』ブームには、淳一が描いた挿絵の魅力も大きく寄与していました。私などは、昭和30年代以降の『乙女の港』の失速は、淳一の挿絵を掲載しなかったせいではないかと思っているほどです。

中原淳一は昭和12年当時「少女の友」の専属挿絵画家で、まだ二十代前半と若いながらも看板画家として絶大な人気を誇っていました。彼の挿絵起用は川端康成の希望でもあったそうです。

中原淳一はこの美しい物語をイマジネーション豊かに描き出し、作品の魅力を倍加させました。挿絵で注目したいのはヒロインたちのファッションやヘアスタイルです。おしゃれに一家言あり、戦後はスタイリストやファッション・デザイナーとしても名を馳せた淳一は、細かなディテールを描き分けることで、三人のキャラクターの違いを際だたせています。

『乙女の港』の大ヒット以降、川端康成と中原淳一は少女小説界の名コンビと謳われました。

エスのこと

『乙女の港』は「エス」を主題としています。これは大正~昭和にかけて流行した女学生風俗で、主として上級生と下級生が〈姉妹〉の契《ちぎ》りを結び、カップルとして親しく交わることを指します。親しく交わるといっても、手紙の交換をしたり、お揃いの髪型にしたりといった他愛ない交際が中心ですが、親友同士とは違う関係でした。一方が庇護《ひご》者である〈お姉様〉で、もう一方が守られる側の〈妹〉となり、一対一の関係であることが基本。モラル的には夫婦や恋人同士に近い関係といえます。

なぜ、このような現象が起きたかというと、当時は「男女7歳にして席をおなじうせず」といわれ、男女交際が禁じられていたからです。男子と女子の学校は別々で、たとえ兄妹であっても、年頃の男女が並んで外を歩くのは憚《はばか》られることでした。とはいえ、思春期の少年少女は胸をときめかせる対象を求めるのが常です。おのずと熱い眼差しは身近にいるすてきな同性へと向けられ、疑似恋愛的な感情を持つケースも出てきたのです。

ただし、エスは性的関係を伴うものではなく、同性愛とは異なります。多くのエス関係は一方の卒業で終わりを告げますし、エスの少女たちはそれぞれ結婚してゆきました。

中里恒子《なかざとつねこ》のこと

『乙女の港』が女学生たちを熱狂させたのは、女学校で密かに受け継がれてきたエスの世界をつまびらかにし、麗しく描いたからでした。それゆえ連載当時から、男性である川端康成が、なぜこれ程までつぶさに女学生風俗を描きえたのか、不思議がる声が上がっていました。

実は、本作には女性の原案者がいたのです。下書きを書いたのは作家の中里恒子（1909-1987）でした。この事実は研究者の間では知られていましたが、雑誌掲載から半世紀を経た平成元年、神奈川近代文学館主催の「中里恒子展」を機に中里自筆の草稿が公開され、新聞でも報道されました。

このニュースにかつてのファンたちは大いに納得したといいます。なぜなら、中里恒子は横浜のミッションスクール出身で、身内である外国人女性をモデルとして国際結婚の難しさを描いた作品群で知られていたからです。

中里恒子は大正11年に横浜紅蘭《こうらん》女学校（現・横浜雙葉《ふたば》中学高等学校）に入学し、関東大震災で被災するまでの一年半を同校で学びました。「中里恒子展」解説書によると、何と、洋子のモデルとされる上級生も実在したというのです。（330ページ参照）連載当時、「少女の友」誌上でも、モデルはどこの学校か？と話題になりましたが、学園生活の具体的な描写やエスのやりとりは、彼女の実体験を反映したものだったのです。

中里恒子は『乙女の港』連載終了の翌年である昭和14年に、女性としては初の芥川賞を受賞しましたが、本作執筆当時は作家としての修業時代にありました。資産家の若奥様ながらも文学を志し、師である横光利一を介して川端康成と知り合い、川端からも親しく指導を受けていたそうです。

一方、当時の川端康成は文芸評論も行っており、新人作家を世に送り出すことに意欲的でした。有望な新人に自作の下書きをさせることで実地に指導をし、また相応の原稿料も支払っていたようです。中里恒子の才能に早くから注目していた川端は、彼女を世に出す手助けをしたのでしょう。

気になるのは、川端康成の関与がどの程度であったかということです。

神奈川近代文学館には中里恒子による『乙女の港』草稿が計25枚保管されています。同館のご好意で先日それらを拝見し、現存している二人の往復書簡からも鑑みて、川端が中里の草稿にかなり手を入れていることを確認しました。もちろん、限られた数の草稿でもって全体を断ずることはできませんが、『乙女の港』は中里恒子と川端康成の才能が化学反応して誕生した美しき物語であるとの印象を持ちました。我々は、誰が作者であるかという問題に拘泥することなく、物語の世界を楽しめばよいのだと思います。

『乙女の港』の最大の読みどころは、何といっても三人の少女の三角関係です。おそらく、最初の一読では結末が気になって先へ先へと読み進んでしまうことでしょう。ですが、次には、港町の風情や、爽やかな夏の軽井沢の光景や、ミッションスクールのエキゾティックな描写をゆったりと楽しみつつ、主人公三人の、それぞれの感情をなぞりながら読んでみてください。『乙女の港』は三人の少女の成長物語なのです。『赤毛のアン』や『若草物語』のように、女の子が必ず一度は読む青春小説のスタンダードとして、『乙女の港』が読み継がれてゆくことを願っています。

※本稿作成にあたっては、県立神奈川近代文学館、川端康成文学館の田中洋子館長、和洋九段女子中学校高等学校の深澤晴美教諭にご教示いただきました。

図版1

『乙女の港』の連載第一回が掲載された、「少女の友」昭和12年6月号。表紙は中原淳一

図版2

昭和13年4月に実業之日本社より刊行された単行本『乙女の港』

図版3

『乙女の港』の連載を予告する広告

「少女の友」昭和12年5月号

長篇小說豫告★

少女の友六月號
五月十日發賣

吉田《よしだ》絃《げん》二郎《らう》先生《せんせい》の「山遠《やまとほ》ければ」、皆《みな》さまのすばらしい御《ご》好評裡《かうひやうり》に惜《を》しくも今月號《こんげつがう》を以《も》つて終《をは》りをつげました。もう來月《らいげつ》から「山《やま》遠《とほ》ければ」を見《み》ることが出來《でき》ないと思《おも》ふと大變《たいへん》寂《さび》しい氣《き》が致《いた》します。

併《しか》し、どうぞ御《お》喜《よろこ》び下《くだ》さい。今度《こんど》六月號《ぐわつがう》より吉田《よしだ》先生《せんせい》に代《かは》つて新《あたら》しく川端康成《かはばたやすなり》先生《せんせい》がお書《か》き下《くだ》さることになりました。川《かは》端《ばた》先生《せんせい》は少女《せうぢよ》の友《とも》には此度《こんど》初《はじ》めての方《かた》ですが、人《ひと》も知《し》

作者の言葉

川端康成

川端康成作
中原淳一画

少女《せうぢよ》の友《とも》と云《い》へば僕《ぼく》にとつて少年《せうねん》の日《ひ》の忘《わす》れ難《がた》い思《おも》ひ出《で》の一つだ。その頃《ころ》は岩下小葉《いはしたせうえふ》氏《し》が編輯《へんしふ》してゐられたが、今《いま》の貴女方《あなたがた》と同《おな》じやうに僕《ぼく》は發行《はつかう》の日《ひ》を待《ま》ちかねて愛讀《あいどく》したものだつた。あれから幾年《いくねん》、かうしてその雜誌《ざつし》に小說《せうせつ》を書《か》くやうになつてみると、何《な》んとも云《い》へないなつかしさを以《もつ》てあの頃《ころ》を思《おも》ひ出《だ》す。まだ題目《だいもく》はきめてゐないけれど僕《ぼく》が且《か》つて愛讀《あいどく》したと同《おな》じやうにみなさんに喜《よろこ》んでもらへる樣《やう》な作品《さくひん》をきつと書《か》くつもりだ、どうぞ期待《きたい》してほしい。

る如《ごと》く我《わ》が國文壇《くにぶんだん》の最高峰《さいかうほう》その香《かは》り高《たか》い藝術《けいじゆつ》は特異《とくい》の存在《そんざい》として世《よ》の尊敬《そんけい》を得《え》てゐられる方《かた》です。題名《だいめい》はまだ定《きま》つてをりませんが、その豊《ゆた》かな詩《し》嚢《のう》から溢《あふ》れ出《で》る次號《じかう》よりの長《ちやう》篇《へん》小說《せうせつ》こそその清純《せいじゆん》さに於《おい》てその面白《おもしろ》さに於《おい》てきつと皆《みな》さまのすばらしい御好評《ごかうひやう》を以《もつ》て迎《むか》へられることと思《おも》ひます。どうぞ六月號《ぐわつがう》を御期待《ごきたい》下《くだ》さい。

図版4 巻頭グラビアで読者と鎌倉を歩く川端康成。記事の文章も川端の手によるもの（8ページのうちの1ページ）「少女の友」昭和14年7月号

建長寺にて

由比ヶ濱の西が義貞の鎌倉攻め入りの稲村ヶ崎、それから「ボオトは沈みぬ」の七里ヶ濱、義經「腰越狀」の腰越、日蓮法難の片瀬と、江の島まで古蹟がつづいてゐます。

安田勝彦寫

境内の犬と川端先生

浴びして行きましたから海水浴の元祖でせうか。「御佛なれど、美男におはす。」と、與謝野晶子さんが歌つた大佛は北條時頼の時代の作で、阿彌陀さまです。丈三丈七尺五寸、面長八尺、眼長四尺、耳長六尺五寸、口徑三尺三寸、大指周三尺餘り、目方二萬五千貫です。金色まばゆい長谷の大觀音像も、長さ三丈三寸です。

ない方もありましたよ……。

お話の外に巖本メリーさんと小園登史子さんにヴァイオリンとピアノの獨奏をして頂きました。天才的なお二人のすばらしさはほんとに音樂の美しさを感じさせると同時に、同年輩の少女がこんなにも勉强してゐることのえらさを示して下さいました。

次に讀者の榊さんが舞踊《ぶよう》をして下さいました。

↑川端先生

そして最後に平井美奈子先生に指導して頂いて少女の友の歌をみんなで合唱し樂しく散會致しました。

↑友の歌合唱のところ

↓巖本メリーさんの獨奏

←榊さんの舞踊

図版5 昭和14年に、東京・YWCAの講堂で行われた「東京友ちゃん会」を報告するグラビアページ（3ページのうちの1ページ）。参加者は三五〇人。「少女の友」昭和14年12月号

図版6
川端康成と中里恒子。昭和13年秋、木曽路にて
（県立神奈川近代文学館所蔵）

図版7
横浜紅蘭女学校時代の中里の上級生、八木英子。『乙女の港』の八木洋子のモデルといわれている。左は戦前の紅蘭女学校の校舎と女学生たち
（県立神奈川近代文学館所蔵）

初出

「少女の友」（実業之日本社刊）1937年6月号〜1938年3月号　連載全10回

単行本『乙女の港』（実業之日本社刊）1938年4月刊行

文庫化にあたっては、『完本　乙女の港』新装版（2009年12月小社刊）を底本とし、適宜ルビを加えました。

掲載作品および図版中に、今日では使用の許されない差別的表現が一部にありますが、当時の時代相を映す資料としてそのまま掲載いたしました。

（編集部）

中原淳一の「女学生服装帖」

中原淳一　著

大戦前夜、中原淳一が「少女の友」に連載したファッションエッセイを初単行本化。「田舎の女学生のためのおさげ髪の工夫」など、ファッション誌の原点といえる貴重連載を完全収録。寄稿・インタビュー／田辺聖子、瀬戸内寂聴、杏、大森伃佑子　ほか

定価2990円（税込）／A5判上製／ISBN 978-4-408-53578-4

蔦《つた》と鸚鵡《おうむ》　安野モヨコ紙版画集

安野モヨコ　画

1点1点、安野の手によって丁寧に生み出される紙版画。胸がふるえるほど魅力的なその世界を、インタビューや製作ルポとともに紹介するファン待望のビジュアルブック。安野が選んだ「少女の友」の傑作抒情画特集も。巻末に「モヨコの乙女着せかえ」つき。

定価1995円（税込）／A4判変型並製オールカラー／ISBN 978-4-408-10781-3

『少女の友』中原淳一　昭和の付録お宝セット

中原蒼二　監修

若き日の中原淳一が企画・デザインした超豪華な雑誌付録5点に、「少女の友」のピークともいうべき昭和13年1月号の完全復刻版を加えたプレミアムセット。雑誌の付録とは信じがたい愛らしく手の込んだ品々を、忠実に復刻しました。

価格1万4700円（税込）／美麗ケース入り／ISBN 978-4-408-10760-8

少女の友コレクション

『少女の友』は、明治 41（1908）年に実業之日本社から創刊され、終刊する昭和 30（1955）年まで、日本でもっとも長く愛された少女雑誌です。「友」の文字を、誌花であるすずらんで形づくったこのマークは、創刊まもなく考案され、昭和 10 年代前半に本誌で活躍したクリエーター、中原淳一によって完成されました。「少女にこそ一流のものを」という『少女の友』の精神を受け継ぐ、書籍・雑誌のシンボルです。

実業之日本社文庫 か21

乙女《おとめ》の港《みなと》 少女《しょうじょ》の友《とも》コレクション

2011年10月15日 初版第一刷発行
2018年12月1日 初版第四刷発行

著者 川端康成《かわばたやすなり》
画 中原淳一《なかはらじゅんいち》

発行者 岩野裕一
発行所 株式会社実業之日本社
〒107-0062 東京都港区南青山5-4-30
CoSTUME NATIONAL Aoyama Complex 2F
電話 [編集]03(6809)0473 [販売]03(6809)0495
ホームページ http://www.j-n.co.jp/
印刷所 大日本印刷株式会社
製本所 大日本印刷株式会社

フォーマットデザイン 鈴木正道(Suzuki Design)

ISBN978-4-408-55053-4(第二文芸)